魔豆

魔豆

請解開故事

01

雷雷夥伴
著

請解開故事

目錄

CONTENTS

00 楔子

莊天然踏入一室黑暗，打開燈，點亮空蕩蕩的客廳。

他還沒脫下厚重的外套，習慣性先打開電視新聞，把手機放在桌上，確保鈴聲音量開到最大，接著才解開拉鍊。

正準備脫下外套時，門鈴響了。

莊天然看了看牆上的時鐘，深夜十一點，沒想到這個時候還會有人按鈴。

莊天然拉開門，冷風灌入，門外站著一名送貨員。

送貨員擤了擤鼻子，手指刮了下鼻尖，百無聊賴地看著門板，語速略快地道：「先生，這裡有一份你的包裹，麻煩簽收。」

莊天然的視線望向送貨員手中揣著的包裹。

包裹不大，約莫掌心大小的褐色紙箱，上頭勉強地貼著送貨資料。

送貨員瞟了莊天然幾眼，一手插在外套口袋，哼笑道：「你的女朋友真貼心啊，還特別指定要在下班時間親手交給你，你是做什麼的，怎麼半夜才下班？」

莊天然仍然沉默不語，看著送貨員手上的包裹，四周靜得只聽見風聲。

見莊天然的臉色，送貨員表情微僵，迅速收回打量的視線，小聲嘟囔：「怎麼都沒反應……」

莊天然依舊毫無表情。

送貨員心裡忐忑，下意識瞄了一眼手機，今晚可不能再收到客訴，他一面想著，一面趕緊拿單子給對方簽收。

直到送貨員離開，莊天然幾秒後才微微蹙眉，露出有些困惑的神色，原本想對送貨員說：「抱歉，哪來的包裹？」可惜對方已經消失在門口。

他剛才一直在思考，他沒有女朋友，這東西是誰寄來的？

莊天然檢查單據，困惑地發現寄件人那欄全是空白，再拆開紙箱，只見裡頭裝的是兩條佛珠。

佛珠上疊放一張白色卡片，俊秀的鋼筆字跡寫著：「一條保長生，一條保晚死，兩條都給你。」

莊天然愣了很久，素來被人稱作百年一見面癱的臉孔，難得出現可以說是震驚的表情，拿不穩的紙片抖落在地。

他看著地上的字跡，心想：不可能是他。

誰開的玩笑？

莊天然打開門，想追出去詢問送貨員，想不到才剛推開門，送貨員竟然就站在外頭，不曉得待了多久。

送貨員朝他微微一笑，莊天然沒有多想，此刻他只在意一個問題：「這是誰送來的？」

「如您所見，並未署名。」送貨員說道。

「他長什麼模樣？」

「我不明白您這個問題。」

「什麼時候寄的包裹？」

「我不明白您這個問題。」

莊天然後知後覺地反應過來，送貨員有一點不對勁，明明是同樣的臉、同樣的語氣，卻又有股說不上來的異常。

是哪裡不一樣了？

「我是來告知您，您取錯包裹了。」送貨員客氣地道。

原來，是送錯的。

莊天然一愣，霎時渾身脫力，努力撐直身體，才沒讓自己跌靠在門框上。

仔細想想，這麼多年了，自己連他的長相都記不清，又怎麼可能認得他的字跡？

思及如此，酸意瞬間湧上鼻腔，莊天然眼眶濕潤。

「您的包裹是這一件才對。」送貨員指向身旁的推車。

莊天然收起思緒，看向推車上足足有半個成年人高的包裹。

……怎麼這麼大？

莊天然翻看送貨單，這份包裹的單子跟剛才那個一樣，寄件人的部分還是空白，「這裡是五樓之一號，這真的是我的包裹嗎？」

「這是您的包裹。」

「請問寄件人是誰？我沒印象有……」

「這是您的包裹。」

送貨員再次強調，不停重複同樣的句子。

又是一股違和感。

莊天然覺得有些古怪，但又想不通，寫完簽收單後抬頭，才發現送貨員一直緊盯著他。

一般人在觀察另一個人時，如果對方突然抬頭對到眼，通常會感到不自在，要不是開口轉移話題，要不就是轉移目光，但送貨員動也不動，一雙眼睛依然直視他。

莊天然忽然發覺，好像是眼睛。

送貨員異常的地方，是眼睛。

第一次送貨的時候，他注意到青年雙眼狹長，說話時會不自覺四處亂瞟，是不習慣與談話對象對視的類型，但現在卻直直盯著他。

四目相接一會，莊天然又發現送貨員雖然看著他，卻目光渙散，雙眼幾近無神，視線彷彿直接穿透他的腦袋，看著他的背後。

莊天然撓了撓臉，這個人大概是累了吧，大夜班確實辛苦。

莊天然把單子還給送貨員，送貨員收下單子，大幅度地咧嘴笑了一下，「謝謝您。」

送貨員離開以後，莊天然把不知從何而來的大型包裹推到客廳，呆站著看了一、兩則社會新聞，最後才將視線拉回到巨大的包裹上。

他思考一會，揉了揉疲倦的眉心，決定先洗澡休息，明天再處理。

在新聞播報聲中，莊天然洗完澡，躺上床，開了盞小燈，緩緩閉上眼睛。

半夢半醒間，他聽見微弱的摩擦聲，像是物體在地板拖行，聲音越來越近，讓他不得不睜開眼睛，從床上坐起身，看向聲音來源——門口有一個巨大的紙箱。

原本被他放置在客廳的紙箱，不知爲何竟然出現在房門口，紙箱的邊緣逐漸滲出鮮紅的液體，在地上形成一灘血泊。

莊天然愣看著門口。

箱子怎麼在這裡？那個流出來的……難道是血？難道說，箱子裡面有受傷的動物？

莊天然想起最近用包裹寄送動物的虐待事件層出不窮，立刻從筆筒拿出美工刀，打算拆開箱子一探究竟，就在這時——

「嘟嘟……嘟嘟……」大樓的對講機突然響起。

莊天然被突如其來的聲響嚇了一跳，他無奈地想：今晚眞忙。

他走去接起對講機，話筒那端說道：「喂？莊先生您好，這裡是管理室。」

「您好。」

「請問您收到包裹了嗎？」

「有。」

「那麼請問送貨員下來了嗎？我們管理室到現在都還沒看到人。」

莊天然霎時一怔，等他發覺身後有人時，已經來不及了。

硬物重重敲擊他的後腦勺，莊天然哼了聲，眼前一黑，在徹底失去知覺以前，他驀然想起自己遺漏的一個細節——他忘了鎖門。

所以，送貨員一直在他家裡，沒有離開。

01 箱中

莊天然作了一個夢。

夢見斑剝的牆面，紅色磚瓦坑坑疤疤地剝落，在裸露的灰色水泥上，有著像是小孩子用紅色蠟筆畫出的一張笑臉，旁邊還有無數個笑臉，每個笑臉都長了細長的手，手裡拿著刀。

唯一的窗戶被貼上黑色塑膠布，狹窄的房裡很暗，只有一盞忽明忽滅的小燈，彷彿老人臨終前的喘息，隨時可能熄滅。

床上的男孩原本睡得很沉，忽然皺眉，摀著肚子，緩緩睜開眼，正感到迷茫的時候，聽見房門外傳來陣陣哭聲，於是再也睡不著了。

莊天然聞著被子上熟悉的潮濕霉味，肚子咕嚕咕嚕叫，在寂靜的房間裡特別響。

這時他還只有六歲，不懂得控制臉上的情緒，現在的他滿臉生無可戀。

肚子痛，不知是餓的，還是因爲晚餐的大麵羹酸酸的。

正好這時，門開了一絲縫隙，老舊的木門發出尖銳的雜音。

莊天然看見走廊的白燈穿透進來，照亮陰暗的室內，然後室友走了進來。

由於背對著光，他的臉龐覆蓋在陰影下模糊不清，而背後卻散發著光芒，讓他的影子斜畫得高大頎長，像是電影裡的英雄一樣。

室友每次出現都渾身發光。

莊天然小時候不懂，長大後才明白什麼叫作長得好看，自帶閃光。

看清室友手裡端著什麼以後，莊天然猛地從床上彈起身，「點心！你從哪裡拿來的!?」

盤子上的草莓麵包和柳橙汁散發著香甜的氣味，室友一雙笑眼瞇瞇，「噓。」輕得像是融化在空氣裡。

草莓麵包和柳橙汁對他們來說是特別稀奇的食物，通常是在拍照的早晨才有得吃。

那是一個特別的日子，會有一群陌生的大人帶著相機和麥克風，讓他們擺出板子上寫的姿勢與笑臉，或者不停問問題，同時舉著字卡要他們跟著背誦。

儘管頻繁的閃光燈讓眼睛發酸，擴音器的嗡嗡聲響震得頭暈，但那天都能吃飽，所以他們很喜歡拍照的日子。

而那天院長也會特別常笑，發出平常不曾聽過的輕聲細語，還會撫摸他們的頭，雖然在那雙手伸過來的時候，他們下意識想做出的反應是閃躲。

莊天然手腳並用，從床頭爬到床尾，迅速湊到點心前，「這些是哪來的？」

室友小聲笑道：「我從廚房偷的。」

莊天然瞠大眼睛。

上一個去廚房偷食物的小孩在一個月前被當眾處罰，木棍毫不留情地落下，直到一雙腿呈現奇怪的扭曲角度，到現在每天晚上屋外都能聽見他的哭聲，後來再也沒有人敢進廚房，甚至連外面的走廊也不敢接近。

而且，聽其他小孩子說，那裡還裝滿了大人的「眼睛」。

「你沒事吧？有沒有怎樣？」莊天然急著說。

「快吃。」室友把盤子遞給他，握在盤子上白皙無瑕的指節，臉上悠然自得的微笑，在在顯示著他的自信。

莊天然愣了愣，屋外依舊傳來持續不斷的哭聲，室友乾淨的手指端著食物，唇角微微上揚，看起來那麼簡單而輕鬆。

明明和大家同樣年紀，室友卻一直都是無所不能的英雄。

莊天然問：「那你呢？」

室友：「當然已經吃過了。」

莊天然點點頭，迫不及待地用手抓起麵包，被室友先一步抓住了手。

「等等，擦擦。」室友拿起不知哪來的濕紙巾，把他整隻手連同指縫仔細擦得乾淨。沒有人像室友這樣愛乾淨。

通常食物當前，他們不直接伸手去抓根本搶不到，光是拿餐具的時間，就可能讓本來便很少的食物被一掃而空，十幾個孩子圍繞著一盤菜，沒有人能有心思顧及其他。

室友說：「我們不能生病。」

莊天然想起，上一個生病的小孩被送離院，不知去了哪裡，很久沒回來，他們很羨慕，甚至很多人巴不得生病，才能離開這裡。

只有室友不一樣。

莊天然從小就知道，室友很特別，只是他長大後才了解，室友根本沒有那麼無所不能。很久以後他才明白，那些在飢餓的夜晚拯救他的大餐，並不是室友偷來的，而是室友把自己其中一餐的份留給了他。

莊天然問：「爲什麼要把你的份留給我？」

室友笑著說：「可能養小朋友比較重要？」

他記得自己那時還會笑，邊笑邊生氣地追著室友打。

現在他已經忘了那樣的情緒。

因為他已經很久沒有見到室友了。

莊天然從漫長的夢境中醒來，全身上下痛得彷彿死過一輪，忍不住悶哼幾聲。後腦傳來劇烈疼痛，腦子昏昏沉沉，感覺整個世界都在搖晃，伴隨著「鏗啷……鏗啷……」輪子滾動的聲音。

他試圖揉揉脹疼的腦袋，卻發現手腕動彈不得，雙手被捆在身前，身體被迫蜷起，腳也被綁住，整個人被困在一個異常狹窄又漆黑的地方。

莊天然花了足足數百秒的時間，才反應過來自己身在何處。

他被困在一個大箱子裡。

之所以覺得四周在晃，是因為他正在推車上，被人推著前進。

回想失去意識前發生的事——是送貨員，他從身後被送貨員擊暈，然後……大概是被綁架了。

一般來說，綁架犯都會將受害者藏進車裡，因為方便移動，為什麼送貨員要把他塞在箱子裡？

就在這時，箱外突然傳來熱情親切的聲音：「哎呀，你回來啦！」聽起來是個女人。

接著又聽見小孩嬉笑玩鬧的聲音，小孩吵了一會，終於安靜下來，女人喊道：「跟叔叔打招呼。」

小孩喏喏地說：「叔叔好。」

應該是對著送貨員。

莊天然愣怔地聽著他們的對話，沒多久，輪子又開始往前滾。

莊天然猛然警醒，這是呼救的時機！

「有人嗎？外面有人嗎？」莊天然不停敲打紙箱，這箱子明明是紙的觸感，卻特別堅硬，不管手腳怎麼往外撐也撐不破，感覺像抵在水泥牆似地。

那對母子沒察覺異樣，莊天然隱隱明白了送貨員把他藏在箱子裡的目的。

把他塞進密閉的厚紙箱中，裝成一個大包裹，對送貨員來說，的確是最好的僞裝。

忽然，滾動聲停了。

莊天然停止掙扎，不再輕舉妄動，一直仰頭盯著箱子的頂部。

他擔心動靜過大會刺激罪犯的情緒，再冷靜一想，外頭是一個媽媽帶著孩子，即使知道自己受困，也很難協助救援，甚至很可能會因爲成了目擊證人而遭到滅口。

他不能連累無辜的民眾。

好一會，終於又聽見動靜。

箱子又往前推了一陣，推車猛然晃了晃，往上一抬，又落下，似乎跨過一道坎。

接著，「砰。」是關門的聲音。

「喀、喀、喀。」是三段式落鎖的聲音。

莊天然猜想，現在是在送貨員家裡？上了鎖，在這裡發生任何事，都不會有人發現。

他不知道送貨員綁架自己的目的是什麼，如果是爲了錢財，大可以直接搶劫，是什麼原因讓他綁架跟自己毫無相關的人？

有一種可能，就是以殺人爲樂的犯罪者。

莊天然被困在箱子裡暫時動彈不得，什麼也看不見，什麼也不能做，只能被動地等待送貨員打開箱子。

萬一送貨員一打開就拿刀捅死他？他要怎麼躲？怎麼逃？

莊天然腦中不斷想著方法，卻怎麼想也想不到，只能繃緊神經注意每個動靜。

「咚、咚、咚……」莊天然清楚聽見自己劇烈的心跳聲。

再一會，他聽見另一道聲音：「滴答、滴答、滴答……」是時鐘。

旁邊有個時鐘。

現在不管任何聲音，即使是再普通不過的聲響，都會刺激莊天然的神經。

他聽著時鐘的滴答聲，告訴自己冷靜，就算對方拿刀捅自己，恐怕也很難一刀斃命，如果能撐過第一波攻擊，就有反抗的機會。

莊天然表情平靜，卻克制不住地不停嚥口水，他一面聽著時鐘聲，一面努力思考。

現在已知的東西，是時間的流逝。

莊天然讀著秒針的聲音，判斷已經過去了一分鐘。

而這段時間，周圍始終沒有其他聲響，安靜得像是無人存在。

送貨員不知是離開了，還是仍在屋內。

莊天然揣測，如果送貨員不在屋內，他也許可以趁機逃出去。

但如果送貨員仍在屋內，他逃出去了，說不定會直接被攻擊，而自己處於被動，且手無寸鐵，無法正面迎擊。

莊天然按兵不動，打算先掌握更多線索，再做行動。

時間又過去了五分鐘。

莊天然開始覺得古怪。

如果送貨員還在屋裡，怎麼可能不走動？但他沒有聽見任何聲音……這是不是代表送貨員應該不在屋裡？

這也許是唯一的機會，現在不逃，等送貨員回來，說不定就遲了。也許送貨員是去準備犯案工具，就像殺雞前總要先拿刀。

他不知道送貨員究竟打算做什麼，他只知道一點——他必須在對方回來以前逃跑。因爲沒有任何理由能夠說明，爲什麼犯罪者會將被害人直接帶回自己的屋子，而不怕被害人知曉身分。

除非他從沒打算讓人活著離開。

莊天然艱難地抹去滴到眼皮的汗珠。

不僅如此，還有第二個麻煩，他要怎麼離開這個箱子？

剛才他試過掙扎，箱子無法撐破，他摸了摸箱頂，中間有一條緊密的縫，應該是膠帶封起的地方，但他沒有美工刀可以割開……

美工刀！

莊天然忽然想起在拆門口包裹時，他順手把美工刀放進了口袋！如果沒被拿走的話……

莊天然盡力扭動身體，用右手去碰左邊口袋，果眞碰到一塊硬物。

他心中頓時充滿感動，發誓這是他這輩子最開心的時刻，並竭盡所能在臉上表現出了喜悅——如果此時有人看見他的臉，會發現這張萬年面無表情的臉，皺著眉，唇角僵硬地顫抖。

莊天然握緊手上的美工刀，先割斷手上束縛，再貼上箱頂的封口，打算試著拆箱。

他在有限的空間裡困難地移動，終於慢慢看見一絲光線，在快要劃開到一半時——他忽然頓住。

不對，如果連秒針移動的聲音都聽得見，那送貨員離開屋子的聲音，自己怎麼可能完全沒聽見？

送貨員到底在做什麼？

他為什麼這麼安靜？

他想幹什麼？

就在這時，莊天然聽見鐘響了。

「噹……噹……噹……」總共響了八聲。

八點整。

他遇襲的時間點是半夜，按照推測，現在較有可能是早上的八點鐘。

在莊天然發愣的這幾秒，「砰！」外頭傳來大門關上的聲音。

莊天然嚇了跳，箱子也跟著抖了下。

他這才出去了？那如果自己剛才拆了箱子不就正好對上……

莊天然有些驚魂未定，心裡暗自慶幸：幸好沒遇上，不然對上了還眞不知該怎麼辦。

美工刀是他現在唯一的防身工具，萬一送貨員也拿著武器，八成是拚不過。

莊天然默默心想：要是當初拆箱不是拿美工刀，是拿菜刀就好了……

事不宜遲，無法確定送貨員會離開多久，必須快點動作。

莊天然果斷地推開美工刀，劃開封口，兩手翻開箱蓋——

剛享受到新鮮空氣的瞬間，他忽然感覺旁邊有東西，轉頭一看，正面迎上一張詭笑的臉。

送貨員的臉距離極近，幾乎貼在他臉側，整個人就蹲在箱子旁邊，無聲地對從箱子裡冒出來的莊天然展露出詭異的笑容。

莊天然倒抽一口氣，拚命往後退，因爲沒注意到推車與地板之間的高低落差，整個人往後一摔，手裡的美工刀沒抓穩，甩了出去……

「鏗啷、鏗啷！」美工刀掉落在送貨員面前。

在這瞬間，送貨員臉上的笑容突然扭曲成猙獰的面孔，瞳孔急遽放大，直到整個眼珠變成黑色，眼球突出，奇異的大嘴咧到耳側，露出怪物般的尖牙，手裡緊握的刀不斷往地上的美工刀死命猛砍。

不對。

這不是正常人。

這是怪物。

莊天然看著面前不似人形的怪物，還來不及思考送貨員爲什麼會突然變成這樣，第一個念頭就是快點逃！

莊天然轉身逃跑，發出腳步聲的那一刻，身後劇烈的聲響忽然停了。

莊天然霎時頓住，動也不敢動，慢慢地、慢慢地回過頭——

送貨員果然正盯著他。

莊天然寒毛直豎，瞬間冷汗浸身，但奇怪的是，送貨員像是僵住一樣，黑色的眼珠雖然盯著他，隨著他的一舉一動轉動，身體卻是動也不動。

莊天然試著悄悄往旁邊挪動，送貨員竟然毫無反應。

怎麼回事？這是讓自己逃跑的意思？

莊天然不敢發出太大的動靜，躡手躡腳地在送貨員面前走向大門口，而送貨員自始至終都在原地，只是一直盯著他。

莊天然不敢相信竟然這麼容易。

他一路小心翼翼地移動到門邊，不到十步的距離，卻讓他滿頭大汗，背部被汗水浸濕。

終於碰到門把，劇烈跳動的心臟彷彿下一秒就要從嘴裡蹦出來，但也總算掌握一線生機，莊天然轉開大門門鎖——「喀」一聲清脆的聲響。

送貨員忽然動了。

送貨員猛地昂起脖子，盯著莊天然正在轉動門鎖的手。

莊天然不再動作，這一瞬間，他忽然明白了什麼。

難道，是因爲聲音？

莊天然頭皮發麻，頂著送貨員眨也不眨的視線，輕輕地，又轉了一圈門鎖，「喀。」

此時送貨員已經站起身，弓著背，彷彿下一秒就要撲過來。

莊天然頓時壓力巨大。

爲什麼，這個房間要設三道鎖？

不論如何，他都得解開才能逃出這裡。

莊天然緩緩深吸一口氣，牙一咬，一鼓作氣轉下最後一圈門鎖。

「喀。」

送貨員瞬間齜牙咧嘴地朝他背後撲過來！

莊天然迅速甩上門往外狂奔，外頭恰巧有一架鞋櫃，他順勢揮倒鞋櫃，櫃子倒下，鞋子稀里嘩啦全翻倒在地。

送貨員被這陣騷動引走注意，揮刀猛砍鞋櫃，被砍碎的木頭不斷發出「喀嚓！喀嚓！喀嚓！」的聲響，伴隨著送貨員瘋狂的笑聲，聽得莊天然心驚膽顫，彷彿每一刀都是砍在自己骨頭上，讓人背脊發涼。

這到底是什麼怪物？

莊天然趁機放輕腳步迅速逃跑，身後是拚命揮砍的聲音，他連氣都不敢大喘，左右尋思逃生路線，眼前只有電梯和另一間住戶的門。

莊天然下意識正要按電梯，突然在碰上按鈕的前一秒，頓住。

不，電梯到達的時候不是會發出「叮」一聲？萬一怪物聽見，朝他衝過來……電梯是密閉空間，他無處可逃。

差點鑄下大錯，莊天然卻無法鬆一口氣，因爲眼下別無選擇，走樓梯是唯一的逃亡路線，但樓梯在送貨員身後，他剛才衝出家門時已經錯過。

現在只有一個辦法：向隔壁住戶求救。

莊天然轉頭看向隔壁住戶的家門。

可是，隔壁住戶真不知道自己的鄰居是個怪物？萬一，裡頭住的也是怪物？

莊天然內心天人交戰，接著突然想起一件事。

——最開始和送貨員打招呼的那個女人和孩子，他們說了話，但送貨員沒有開口。

剛才在房間裡，送貨員也沒有開口。

送貨員唯一發出過的聲音，就是瘋狂、尖銳不似人聲的詭異笑聲。

或許，怪物不會說話？

從聲音推斷，最初遇見的女人和小孩是正常人，再者，送貨員推車經過的時候，並沒有進電梯，代表他們也住在這一層。

如果她和她的孩子也住在這一層，那麼他們就是這間的住戶！

莊天然確定了有人可以求助，外加如果能躲進屋裡，就算怪物有刀也不可能輕易破開鐵門。

但現在問題來了，他要如何在不發出任何聲音的情況下，讓裡面的人開門？

不能敲門。

不能按電鈴。

不能大聲求救。

只要一發出聲音，怪物就會衝過來砍死自己，根本等不到這家人開門。

求生機會就差一門之隔，他該怎麼做才能傳遞訊息？

莊天然站在原地，時間一分一秒地過去，他心中隱約有個辦法，但非常冒險，也未必能夠成功。

只能孤注一擲。

莊天然下了決心，抬起手，用力拍了三下眼前緊閉的家門！

「咚、咚、咚！」

果不其然，送貨員反應極快地抬起臉，發出駭人的嘶叫，朝莊天然撲過來！

下一秒，莊天然抬腳，使盡全力往電梯門奮力一踹，「砰」一聲，巨大的聲響震耳欲聾，整個電梯門凹了一半。

送貨員倏地轉移目標，撲向電梯門，揮刀砍爛凹陷的鐵板。

這時，隔壁鄰居的門開了。

莊天然等不及，直接拉開門衝了進去，並且迅速關上大門。

他自覺失禮，正要抬頭向屋主道歉，卻發現眼前沒有人。

莊天然愣了愣，客廳的燈是暗的，只有走廊底端的房間發出微弱的燈光，隱約聽見房裡傳來電視的聲音。

一連串小孩清脆的笑聲：「你在這裡做什麼呢？」

另一道帶著雜訊的聲音斷斷續續地說：「我……在……等……你……呀……」

聽起來像是有誰在看卡通。

莊天然不解地往前走，高聲問道：「有人在嗎？」

沒人回答。

莊天然一步步走向房間，四周悄然無聲，他不自覺放輕腳步，來到敞開一絲門縫的門前，推開了門，「抱歉，那個……」

莊天然話還沒說完，便發現房間裡頭的電視確實開著，但沒有人。

奇怪？人都去哪了？

「哎呀，你回來啦！」身後傳來婦人的聲音。

終於聽見熟悉的嗓音，莊天然鬆了口氣，回頭一看——送貨員站在他身後，露出小丑般詭異的笑臉看著他。

送貨員再次張口：「叔叔好。」這回是小孩的聲音。

莊天然聽過一模一樣的對話，被關在箱子裡的時候。

原來從頭到尾，都只有送貨員一個人。

所有聲音，都是他發出來的。

整棟公寓，都沒有活人。

莊天然剎那間像被一桶冰水從頭淋下，涼意從頭頂迅速竄到腳趾，連一根手指都動彈不得，只能眼睜睜看著送貨員舉刀朝自己走來。

莊天然素來聞風不動的臉終於露出一絲苦澀。

他清楚地知道，自己在劫難逃。

「噹……噹……噹……」

高舉的刀還沒落下，鐘響了。

被刀劈裂的劇痛沒有傳來，莊天然緊閉的眼緩緩睜開，不敢相信眼前的景象。

送貨員舉起的手停在半空中，笑臉也僵住停格，再次變成雕像，動也不動。

怎麼回事？

莊天然恍然想起剛才逃出箱子的時候，送貨員也是靜止不動。

記得當時同樣聽見了鐘聲。

難道只要聽見鐘響，送貨員就會停下來？

莊天然沒空細思，逃生的機會只有一次，他放輕腳步，脫離送貨員的視線，逃離房間。大門斜對面就是逃生梯，莊天然跨過滿地鞋櫃碎片，往樓下疾走。

他一面跑一面想：這裡是哪裡？得找人來抓走這隻怪物，免得有更多人受害……

莊天然接連跑了四個樓層，拐過生鏽的扶手，眼前赫然出現一個人。

猝不及防間嚇了一跳，想躲開卻已來不及，眼看就要撞上——對方正好轉過身來，滿臉驚恐地向後退開。

眼前是名大約三十來歲的男子，穿著黃袍，全身掛滿佛珠和符咒，語無倫次地朝他揮舞十字架，「別、別別別過來！妖魔退散！」

「……」這個難道是正常人？

莊天然看男子害怕的反應不似作假，緩緩地道：「我是人。」

「滾、滾滾滾開！」男子瞪大眼睛，渾身顫抖地大吼。

莊天然看他揮舞著十字架，脖子掛滿佛珠，衣服貼著道符，一時不能明白對方到底信什麼教。

莊天然搔了搔臉，沒有強求接近，只是提醒：「有個怪物在上面，你最好快點離開。」

男子頓了下，皺眉道：「你說，怪物？」

莊天然點頭，「是。」

男子喃喃自語：「難道……是新人？」

什麼意思？

莊天然眼神茫然。

男子嘴裡唸唸有詞，像是聽見什麼極爲恐怖的事，「絕對不能提到怪物！被『他們』聽見的話，會很生氣……非常生氣……」

「什麼？」男子說得太小聲，莊天然沒聽清。

男子猛地抬頭，轉身就跑，身影和尾音很快消失在走廊，「不要過來！你這個無臉男——」

莊天然：「……」他知道自己是沒什麼表情，但有到被懷疑是鬼的程度？

繼續往下走，總算來到一樓。

再往下有一道鐵門，看來是通往地下室的樓梯，但鐵門緊閉，生鏽斑剝，一看就知道生人勿近。

莊天然不可能冒險，只想快點離開，他快步走向公寓大門，握住門把時手有些抖，接著向外推開——眼前的畫面讓他瞬間怔在原地。

門前春光明媚，陽光灑落在柏油路面，旁邊還停著幾輛腳踏車，但除此之外，以這棟公寓爲圓心，直徑三百公尺以外的地方全被大量煙霧籠罩，彷彿失火一般。

莊天然踏出門外，怔忪地環顧四周，才發現不是火災。

只有這棟公寓附近一切如常，其餘地方全瀰漫著不祥的濃霧，像是一座被隔絕的孤島。

街上沒有半個人，就連公寓一旁緊鄰的傳統早餐店都缺乏人跡，開放式的櫃台不見廚房人員，店內卻燈火通明，彷彿隨時等著顧客上門。

這裡到底發生了什麼事？

莊天然往前幾步，想看清濃霧裡面有什麼，卻在走到一半時停住腳步——最靠近濃霧外圍的街道上，有件被撕碎的圍裙和一隻破布鞋。

莊天然愣愣後退幾步，不敢再貿然前進。

難道濃霧裡面也有怪物？

他發現，自己陷入了進退兩難。

身後的公寓有怪物，眼前的濃霧也蘊含危險，他該往前還是回頭，哪一邊才是活路？

正在心裡天人交戰之際，突然聽見一陣「喀噠、喀噠……」的聲音。

莊天然立刻繃緊神經。什麼聲音？

就在這時，眼前的濃霧驟然往兩邊散開，彷彿退開的浪潮，留下中間乾涸的通道。

「喀噠、喀噠……」

聲音逐漸清晰，莊天然這回聽清，是腳步聲。

不疾不徐，緩慢而優雅。

莊天然倏然回神。有「東西」要出現了！

莊天然左顧右盼，不知道能躲哪裡，只好暫時蹲到最角落，躲在腳踏車後方，觀察眼前的動靜。

只見散開的濃霧之中，出現一名青年。

他一面從正中央走進來，一面垂眸整理衣衫，扯鬆領口，彷彿回到家似地愜意。

一襲白襯衫，在濃霧中特別乾淨明亮，整個人像在發光。

莊天然不自覺雙手發抖，接著越抖越厲害，整個人克制不住地顫抖。

他不知道自己是怎麼了，須要很用力才能吸到氧氣，胸口劇烈起伏，全身上下都出現了強烈的反應。

莊天然想：不對勁，非常不對勁，這個人是誰？

接著青年的動作引走了他的注意。

青年拾起散落在路邊破碎不堪的圍裙，細細地摺疊整齊，並放回原位，將破布鞋擱在上頭。

莊天然怔了怔。

一般人看到路邊的殘骸，肯定會驚懼這裡發生了什麼事，但這個人卻能如此冷靜，甚至面不改色地撿起染血的衣物。

他突然覺得，自己渾身發抖可能是因爲害怕。

畢竟眼前的青年很可能像送貨員一樣，乍看像人類，其實都是怪物。

更別提這個人出現時，四周聞聲色變，不是一般的人物。

莊天然放棄了先前想靠近濃霧探查的想法，裡頭不知是什麼情況，甚至還走出了像是怪物大佬的人。

莊天然轉身想躲回公寓，站起身才發現雙腿虛軟，他扶著腳踏車，勉強站起，幸好他躲在角落並不起眼，對方應該沒有察覺。

當他再次抬頭、想查看情況時，才發現身後的人竟然不見了！

莊天然心頭一驚，左顧右盼，最怕不是鬼出現，而是鬼還在，你卻不知道他去了哪裡！

莊天然找了一會，突然覺得景色哪裡不對。

早餐店，好像有人。

再仔細一看，怪物大佬正坐在隔壁早餐店的塑膠椅上，安靜地吃早餐。怪物大佬挾起蛋餅，額前落下幾縷髮絲，動作輕柔優雅，普通早餐店被他吃得像英式下午茶。

……這人只是來吃早餐的？

莊天然滿臉問號，趁著對方不注意，壓低身子，潛伏回到公寓。

在他小心翼翼回到公寓的過程中，沒注意到青年略微抬眸，目光幽深含笑，看向這方。

02 不只一個

莊天然推開公寓大門，動作放得極輕，就怕造成任何一絲聲響。

他推到一半，門卡住了，再使勁推了推，門又反彈回來。

他困惑地把頭探進公寓裡，往門後一看——送貨員就站在門後，滾動眼珠看著他，臉上仍是同樣詭異的笑容。

莊天然心臟猛地一縮，差點喊出聲，整個人往後彈。

自己剛才是拿門夾了他嗎？

莊天然不肯面對事實，用力關上門便拔腿狂奔，顧不得身後是否有怪物追趕，頻頻左右張望，滿額是汗地尋找可以逃跑的地方。

最好夠隱密、能夠暫時躲藏……

這時，莊天然注意到公寓和隔壁早餐店中間有一條窄巷，堆滿老舊雜物的防火巷，目測僅能一人通過，即使怪物追上來，恐怕也不好走。

「砰！」身後傳來大門被撞開的聲音。

莊天然原地彈起，頭也不回，往防火巷裡狂奔。

他一連跳過好幾個障礙物，身後還能聽見地上物品被大力撞開、猛砸在牆面上的聲音。

「砰！砰！砰！」

巨響每一下都砸在他的心臟，彷彿要將他的五臟六腑徹底震碎。

莊天然不顧一切向前跑，冷風颳過他的眼眶，雙眼又乾又澀，漸漸地，四周只能聽見他的喘息聲，旁邊的障礙物越來越少，前方的路卻越來越窒礙難行，不知是否錯覺，兩邊牆面越來越近……越來越近……最後手臂不慎刮到牆上凸起的磚塊，刺痛感襲來，「嘶！」手臂劃出一道淺淺血痕，莊天然這才驀然回神，停下腳步。

他看清楚眼前的巷子，窄得幾乎已經無法再前進，必須側著身才能擠過去。

他跑多久了？

莊天然回頭一看，身後早已沒有聲響，亦無人追趕，不僅如此，後方的路竟然變得和前方一樣窄，但剛才明明還是一人能夠輕鬆通過的寬度。

怎麼回事？

莊天然側著身，再往前走，想快點走出巷子。

但走沒幾步，他發現壓迫感越來越重，甚至有些喘不過氣，兩道牆明顯越來越靠近，明明已經側著身，卻幾乎要貼住他的胸口。

彷彿越往前走，巷子就會越來越窄，越來越窄，直到將他夾成肉餅。

莊天然心道不妙，腳步往後退，卻發現，即使往後，兩道牆依然越來越窄……

這下麻煩大了。

莊天然站在原地，額角冒出一滴冷汗。

不論往前眺望，或者往後回看，都看不見巷口。

註定是一條死路。

莊天然舉步維艱，他想起自己一生諸多磨難，歷經多次生死關頭，早在很久以前，他便已看淡生死，活著只爲一個目的——解開當年那人失蹤的懸案。

莊天然想過很多種死法，卻沒想過有一天會掉進一個詭祕空間，在巷子裡被活活餓死。

他閉上眼，當年的那人臉龐模糊不清，溫潤的笑聲卻猶如響在耳畔：「然然，你知道是什麼讓快樂和悲傷的人都能活下去嗎？」

「……呼吸？」

「是明天。」

莊天然睜開眼，一掃頹喪，開始尋找逃出去的方法。

還沒結束，他還有明天。

莊天然靜下心，想了會，忽然察覺一件事。

往前走不行，那麼如果往上爬？

抬頭觀察，每層公寓都有兩扇窗戶，如果砸破，應該能闖進去。

兩道牆變得狹窄，正好能讓成年男子撐開手腳往上爬，莊天然原本有些緊張，擔心任何行動都會造成牆面內縮，但往上爬了幾步，感覺距離沒有變化，他才終於鬆了口氣。

看來他的方法正確。

莊天然爬到二樓時，手腳已經有些發顫，要撐住一個成年男子的重量不是易事，他掌心刺痛不堪，或許是被牆上裸露的鋼筋割傷。

莊天然抬起右腿踹窗戶，「咚！咚！咚！」窗戶彷彿鐵片般堅不可摧，明明上面布滿裂痕，卻怎麼踹都紋風不動。

他臉色微沉，想起被困在箱子時也是怎麼擠也擠不出去，明明只是紙箱，卻厚得誇張。

看來這個世界沒打算讓人好過。

莊天然心想，沒關係，如果這世界不給他開門，那麼他用爬的也要爬上天。

他仰頭看，這棟舊公寓最高樓層是七樓，爬到頂樓應該能逃出去。莊天然繼續往上爬，沿途手腳被蹭出許多傷痕，掌心早已麻得沒有知覺，幸好他身體素質不差，爬到四樓時頂多氣息微喘，還有一點力氣能夠繼續。

卻想不到，七樓的窗戶忽然打開了！

一顆毛茸茸的頭顱探出來，頭一轉，送貨員那張讓人不願再見到的臉，對他緩緩咧開笑容。

這個世界，眞他×的不打算讓人好過。

莊天然面無表情地在心裡罵了髒字，向來的好脾氣差點崩裂。

莊天然又踹了踹四樓的窗戶，依舊動也不動，他幾乎自暴自棄地踢了一番。

送貨員聽見聲音，忽然變臉，發出怪物的嘶叫聲，嘴裡喃喃唸著一長串讓人聽不懂的扭曲話語。

你是不滿樓下太吵的鄰居嗎？莊天然無奈。

上有送貨員虎視眈眈，前後都是死路，難道要放棄往上，再找其他方法？

眞的還有其他方法嗎？

就在這時，一名穿著花襯衫的男子打開了五樓的窗戶探出頭來，朝他伸出手，著急地大喊：「我拉你，快上來！」

莊天然怔怔地看著那隻只要再往上爬幾公分就能抓住的手，彷彿天上突然垂下一條繩子，上帝傾聽了他的願望，在最適時的時候給他一份希望。

幸好他沒有放棄。

莊天然閉了閉眼，虔誠地親吻手腕的佛珠，「謝謝你，總是拯救我。」

不管這是不是那個人送的，他向來信神，因爲那個人就是神，只要與神有關的，都是他的信仰。

莊天然往上爬，伸直手臂，正要抓住五樓的花襯衫男子時——底下突然傳來一道大喊：

「不要相信他!那是陷阱!」

莊天然頓住，垂頭一看。

二樓的窗戶打開了，同樣穿著花襯衫的男子探出一張著急的臉。

竟然和五樓的人長得一模一樣。

五樓的人：「不，不要相信他!」

二樓的人：「不，我才是眞的!」

同樣的臉孔，同樣的聲音。

莊天然頭皮發麻，他該相信誰？

看著樓上和樓下兩張一模一樣的臉，分辨不出哪一個比較正常，甚至看久了，覺得兩張臉都透露出幾分詭異。

礙於距離和現在的位置，沒有更多線索能夠觀察和判斷，究竟該選哪一個？

眼看力氣漸漸用盡，手腳發抖得越來越厲害，再這樣下去遲早會摔下去，他必須快點做出決定。

莊天然從有限的線索試圖分析——五樓是最先出聲的人，如果是一小時前，也許他會從鮮活的語氣推斷五樓是真人，但是，這點已經被送貨員給打破，怪物不只能說話，還說得跟配音員一樣。

至於二樓……剛才他經過二樓，外面的窗戶布滿青苔和灰塵，看不清楚裡面什麼情況，加上他心力都放在用腳踢開窗子，並沒有注意房裡是否有人。不過，待在房間裡的人肯定能看見窗外的人影，爲什麼那時候他沒有開窗？爲什麼要等到他已經爬上四樓，才突然出聲？

莊天然想：只能賭一把了。

他再次吃力地舉起手，決定握住五樓的人，再試探對方的反應。

就在這時——二樓男子突如其來地大吼：「我要送你九十九朵玫瑰花！我要唱心內的話乎你聽！」

莊天然狠狠一頓，沒多久，五樓的人也用一模一樣的語調重複道：「我要送你九十九朵玫瑰花！我要唱心內的話乎你聽！」

莊天然赫然明白，二樓的人是眞的，五樓的人是假的，因爲怪物聽不懂這句話，只能模仿著複誦！

莊天然及時收回手，怪物不甘獵物逃脫，伸手想抓。莊天然二話不說往下跳，抓住三樓的窗沿，吊單槓似地翻身跳進二樓窗戶，男子急急往後退，差點被莊天然飛來橫腿擊飛。

男子沒站穩，向後跌坐在地，驚魂未定地說：「吼……嚇死我了！」

莊天然同樣心跳極快，只是面色不顯，甩了甩發麻的手，將男子從地上拉起，「謝謝，剛才怎麼回事？」

男子怒目橫眉，激動地說：「我怎麼知道，老子好好在找線索，突然聽到上面有自己的聲音，打開窗戶就看到跟自己一樣的臉，差點嚇到沒命！」

莊天然思索，「他怎麼會長得跟你一樣？」

男子翻白眼，「看我帥啊。」

莊天然靜靜地看著男子的臉，男子被看得發毛，搓著手臂說：「怎、怎樣!?」

莊天然恍然回神，「沒事，我只是突然發現，原來這樣叫作帥，那我不久前看到的那個人，大概是長得非常帥。」

「……小子，你這就過分了。」

男子不熟悉莊天然，不曉得他不只面癱還臉盲，因此也不知道他這句話並非故意諷刺，而是眞心實意的感悟。

男子罵咧咧：「虧老子還急中生智救了你一命……」

莊天然頓時想起剛才男子唱的那首荒腔走板的流行歌，低下了頭。

「喂，又怎樣!?你是不是笑了？」

「沒有。」

男子有些惱羞成怒，「想笑就笑啊！」

莊天然面無表情，「不行。」

男子皺眉，感覺自己攤上一個怪人，煩躁地撓撓後腦，「你也眞是，別看到什麼人就伸手抓啊，那些冰棍最愛裝人噁心人……」

聽見熟悉又奇怪的詞彙，莊天然疑問：「冰棍？」是指那些怪物？

男子大嘴張了張，誇張地喊：「不是吧，你是新人!?老子看你像蜘蛛人一樣爬來爬去，還以為你老手！」

莊天然不說話，當作默認。

這已經是他第二次聽見「新人」這個詞，包括不久前遇到的黃袍男子也是這麼喊，顯然這個世界不只他被帶進來，而且有些人似乎已經來過很多次或來很久……看來他必須更了解這個世界，才能知道離開的方法。

「那些怪物……」莊天然正想發問，男子反應極大地摀住莊天然的嘴，左右張望，彷彿隔牆有耳，「噓噓噓！別喊他們『那個』，一個字也不准說！被聽到會出大事啊！」剛才莊天然喊怪物的時候，他還以爲是開玩笑，現在才知道他竟然是在講冰棍！

莊天然滿臉不解，男子頭疼地拍了下臉，「你沒聽過一個傳說？當你提到『鬼』，那個被你提到的鬼，就會從背後趴在你身上，聽你在說他什麼……」

莊天然很冷靜，「你是不是也提到鬼了？」

「阿娘喂！」男子大叫出聲，整個人抓住莊天然的手臂，神經兮兮地四處張望。

莊天然又低了下頭。

「你眞的笑了！我看到了！」

「沒有。」

「喂喂喂，臭小子，你這樣戲弄老手對嗎？還要不要老子帶你了！」

莊天然沒回答，轉問：「爲什麼叫他們冰棍？」

「做人沒血沒淚，身體又硬又涼，不是冰棍是什麼？」

莊天然想，眞是淺顯易懂。

男子開啓了話匣子，滔滔不絕地道：「遇到我田哥是你運氣好……啊，對吼，還沒自我介紹，我田哥，你呢？」

「莊天然。」

「小莊啊，碰上我眞的是你的福氣！老子可是闖過好幾關的老玩家，帶新人剛好是我的強項啦！先讓我來教你這個世界的玩法，這個世界雖然看起來可怕吼，但其實是神明在幫忙，如果破關的話，就能實現你心裡最深處的願望……」

田哥說起這段話特別熟練，抑揚頓挫恰到好處，像是背誦多次的台詞，莊天然想：難道接下來是要傳教？

沒想到，田哥接著道：「你身上也有一個沒解開的懸案，對吧？」

莊天然狠狠一震。

田哥第一次從莊天然臉上看見如此明顯的情緒起伏，但他彷彿早有預期，泰然地笑道：「別緊張啊，馬上就告訴你，爲什麼我會知道。因爲進來這裡的每個人都一樣啊，我們都有一個到現在還沒解開的案子。」

都有？什麼意思？

「你是年輕人，『狼人殺』應該玩過吼？這裡就像狼人殺一樣，進來的玩家分成三種身分，家屬、嫌疑人，或者凶手……只不過，這些身分，都是真的。」

莊天然原本在發愣，接著忽然想起什麼，臉色一變。

田哥笑了，「沒錯，你身上那個在現實中沒解開的懸案，會在這個神祕的世界再上演一遍，不管你是懸案中的哪個身分，你想找的凶手，或者你想躲的家屬，可能就是你身邊的某個玩家……」

莊天然驀然回神。

所以，當年室友失蹤的懸案，凶手也會出現在這裡？他在哪裡！

莊天然抓住田哥的手臂，「這個世界到底是哪來的？誰搞的鬼？」

「就叫你別喊那個字！」田哥甩開莊天然的手，「不知道，你也看見了，剛才那些冰棍、外面那些黑霧，哪一個能用科學解釋？我只能說，也許是『上帝』想給人類一個公平的機會，我聽說，只有最虔誠、最迫切渴望解開案子的人，才會進入這裡。」

莊天然無法言語。驚訝、不敢置信、慌張、期待……太多複雜的情緒。

難道，他能再有一次機會，解開室友的懸案？

莊天然腦中一下子被塞入太多訊息，無法冷靜思考，但目前爲止發生的種種事件讓他不得不相信這裡不正常，唯一能告訴他答案的，目前只有眼前這個人……

但萬一，這個人就是凶手？

田哥對上莊天然的目光，連忙擺手，「喂、喂，我先跟你說，我的案子絕對跟你無關！這個遊戲才沒這麼好過！你得先過九關，解完九件懸案，才能解到自己的案子！你現在才第一關，所以我肯定不是你那個案子的嫌疑人或凶手，在第十關之前，你都只是配角，得先當別人的臨演。」

「……」一個懸案不行，得先解九個。

莊天然內心睽違已久的激動不到十秒便被澆熄，耳邊甚至傳來雨水滴答滴答清脆的聲音。他現在的心情就像終於排到一家嚮往多時的熱門餐廳，店員卻說前面還有一百人候位。

田哥拍拍莊天然的肩，「不過，你也別太失望，因爲每解開一個關卡，玩家都能得到屬於自己關卡的重要線索，絕對能大大幫助你破案。畢竟輪到你的時候，機會只有一次，線索自然是越多越好，前面幾關就當作磨練升等吧。」

莊天然沉默不語。

「小子，知道我爲什麼教你這麼多嗎？因爲玩家要互相合作，才能順利解開關卡，你不想還沒撐到第十關就失敗吧？」

是，他不能錯過這個機會。莊天然心想。

「好，進關卡第一件事就是找跟案子有關的線索，二樓這一間跟隔壁間我都搜過了，我們去其他樓繼續搜……」田哥一轉身，正好對向莊天然背後的窗戶，送貨員整個倒吊在窗外，趴在玻璃上看他們，手裡的刀子尖一下一下敲在玻璃上，發出雨水滴墜般清脆的聲音。

「啊——！」田哥大叫出聲，兩人立刻往外逃，同時身後傳來玻璃窗破碎的聲響！

「我知道能躲哪裡！」田哥邊吼邊衝出客廳，往大門外跑，迎面而來就是正好打開的電梯門，「進電梯！」

兩人衝進電梯，田哥拚命按地下一樓，邊按邊喘道：「地……地下一樓有個管理室……那裡可以……」

莊天然仰頭看樓層燈號，按住田哥的手，「田哥，爲什麼樓層往上了？」

燈號亮著。

2……3……4……

田哥臉色前所未有地慘白，自言自語似地碎碎唸道：「故意的……是故意的……電梯是

『他』按的……『他』想把我們送上七樓……」

田哥幾乎憑著生存本能，想也沒想，猛地按下五樓，阻止電梯繼續往上。

4……5。

電梯還沒到達七樓，先在五樓停下。

他們剛意識到成功了，電梯門左右打開。

抬頭卻看見送貨員站在門外，舉著刀，笑容咧到耳邊。

打從一開始，「他」就打算在中間的樓層攔截。

確保沒人能逃得掉。

送貨員往電梯裡跨了一步，莊天然原本以爲他又露出詭異的笑容，但如此近距離之下，才發現他似乎並不是在笑，而是一直在說話。

送貨員咧開的唇形，發出只有極近距離才能聽見的氣音：「死啊……死啊……」

莊天然一陣寒慄，田哥更是當場腿軟，雙手緊貼在電梯角落，驚恐地看著送貨員。

莊天然瞥見田哥的反應，不動聲色往左一跨，擋住田哥的視線。他一個人的時候也許會害怕，但現在有了另一個人，他的第一要務就是保護他。

如同自己當初宣誓過的誓詞一樣。

莊天然瞟向關門鍵，在這般緊急情況下，他卻能冷靜下來，思考如何逃生。

話說，用電梯門夾住怪物的機率有多少？

結果——顯然爲零。

莊天然還沒來得及伸手，送貨員先舉刀朝他們揮來！

田哥發出尖叫，莊天然伸手抵擋，他原以爲自己至少擋得住一刀，沒想到怪物的力氣超乎想像，揮刀的手臂砸下，如鋼鐵般堅硬而冰冷，彷彿幾噸重的鋼筋直接砸在莊天然手掌，手腕外凹，痛得他瞬間飆汗，痛呼出聲。

但由於莊天然出手抵抗，送貨員揮刀的方向偏移，刀身落空，沒能一次砍中他們。送貨員瞳孔瞬間瞠大，塡滿整個眼瞳，黑得看不見眼白，發出來自地獄般的嘶叫。

莊天然捂住疼痛的右手，無法再出手抵抗，只能站著用肉身面對發狂的怪物。就在他們都認爲「完蛋」的同時——遠方再次傳來鐘聲。

「噹……噹……噹……」沉悶的鐘聲從對面敞開的住家門內傳來，他們剛才急著衝出屋子，並沒有關上門，鐘聲才能穿透屋內傳到電梯。

鐘聲一響，怪物瞬間靜了音，宛如雕像般僵直。

莊天然喃喃道：「又剛好……」鐘響的標準是什麼？難道又過了一小時？

「怎麼可能是剛好？」在他身後的田哥有氣無力地說：「這裡的鐘聲一直都是人爲的。」

莊天然頓住。

什麼？

「地下一樓，有個管理室。」田哥撐著牆面虛虛浮浮地站起身，忍住噁心，把僵化的送貨員往外推，接著立刻按下關門鍵，以及地下一樓鍵。

電梯徐徐下降，田哥吁出一口氣，莊天然這才反應過來。

意思是，有人在左右他們的生死？

莊天然問：「管理室有什麼？」

「不知道，我沒進去過啊。」

「那你怎麼知道管理室能控制鐘聲……」

「我剛才在二樓發現的線索。」田哥從口袋裡掏出一張滿是縐褶的紙條，攤開一看，紙條上是用黑色原子筆所畫的簡陋樓層圖，往上有七層，一層有兩間住戶，地下一樓寫著管理室，旁邊備註兩個詞：「時鐘」和「監控」。

字跡潦草，暈開的墨水穿透紙背，像是誰匆匆留下來的字跡。

莊天然疑惑，「誰寫的？」

「不要問你會怕。線索就是線索，遊戲生出來的提示，你不會想知道是誰寫的啦。」田哥說話時視線一直緊盯著顯示下降的樓層面板，「反正趕快去地下一樓就安全了，你也發現了吧？冰棍聽到鐘響就會乖乖不動，如果能控制鐘聲，就不用怕那個冰棍了啊！想不到這個關卡還挺簡單嘛，哈哈哈。」

莊天然面無波瀾地看著說出「這個關卡挺簡單嘛」的人，前幾分鐘這個人還嚇得腿軟貼在牆上。

「叮！」地下一樓到了。

電梯門開啓，莊天然下意識碰了碰腰際，謹慎地踏出電梯。地下室一片漆黑，看不清四周，視線所及只有正對面一扇鐵門，鐵門掛著一盞黯淡的黃油燈，門上用血紅的字寫著「管理室」。

莊天然低聲說：「第一次看見這麼不吉利的管理室。」

田哥乾笑，「哈哈、老弟，你還挺幽默啊。」

莊天然走向管理室，垂眸一看，門上竟然沒有門把，再推了推，鐵門絲毫不動。

他看向門邊，右上方有一個電子密碼鎖，紅燈忽明忽滅，看來必須輸入密碼，門才會打開。

莊天然探究的眼神看向田哥，田哥聳了聳肩，「我也不知道密碼，沒看到類似的線索，這種線索通常都在門附近……」

田哥轉頭搜索四周，視線繞過一圈，突然發出慘叫：「啊！」

莊天然被嚇得原地一彈，緩緩地轉頭看向田哥。總覺得自己有一天被嚇死不是因爲怪物，而是被隊友嚇的。

「那、那那那邊，是不是有東西！」田哥指著他們身後漆黑的角落。

莊天然瞇起眼，等雙眼適應黑暗，發現角落似乎有個黑影。

「是線索！快去看看！」田哥扯著莊天然走過去，隨著逐漸靠近，才看見是一個人。

一個背對著他們、盤腿坐在角落的人。

這人身形佝僂，即使聽見身後如此吵鬧的動靜也沒有轉過身，怎麼看都不像正常人。

「你、你你快去看看他身上有沒有線索？」田哥躲在莊天然背後，推了推他。

莊天然沒動。

「沒事啦，只是嚇人的小道具，一般冰棍聽到聲音早就衝過來了，哪有這麼乖？他們很愛裝人啦，不會表現得這麼不正常。」田哥解釋道。

莊天然說：「我明白了。」

田哥點了點頭，卻見莊天然依然沒有動作。

接著，莊天然說出一句毫不相干的話：「我之前覺得奇怪，爲什麼我經過二樓窗口，你沒看到我，而是後來才開窗。」

田哥看向莊天然，不明白他爲何突然提起這件事。

「你掏出的那張紙條，縐褶新舊不一，有多次被握在手上的痕跡，不像幾分鐘前才找到的物品……我猜想，紙條只是掩飾，你在二樓想找的，是這扇門的密碼，但你沒有找到。」

聽到這裡，田哥臉色大變。莊天然直視著他的臉，毫無情緒，平靜地說：「我現在才明白，你開窗的原因。」

「你已經來過地下一樓，發現這個不知是死是活的人，你不想貿然行動，但到二樓依然沒有找到線索，因此推測密碼的確在這人身上——你不想自己動手，必須有個替死鬼。」

「你出手救我，又是第一個指引我進入這個世界的人，我很可能無條件信任你說的每句話——所以，打從一開始，你幫我的目的，就是把我帶到這裡，替你找出這個線索。」

田哥張著嘴，半句話也說不出來。

他沒想到這個年輕人竟然這麼冷靜，一般新人初入遊戲都會驚慌失措，如他所說，大部分會產生雛鳥情結，盲目相信第一個帶領他的老手，爲了逃出去什麼都願意做。

他見這個年輕人說話慢吞吞，話不多，腦筋比較轉不過來，應該很容易拐騙，但沒想到他雖然緩慢，卻不傻，必要時刻能說很多話，危急時刻也不衝動。

田哥愣然之餘，對眼前的人產生一絲懷疑：「你……真的是新人？」

莊天然沒有回答田哥的話，走向背對自己的人。

「等等、你明明知道……」田哥說到一半梗住，無法坦承自己確實動過的念頭，但現在看到對方真的打算去冒險，心裡又覺得古怪，甚至產生「算了吧」的想法。

他歷經這麼多場遊戲，受過無數次欺騙和背叛，心裡知道「待人仁慈，就是對自己殘忍」，好不容易走到這一關，應該不會再動搖才對。

田哥心裡想，嘴上卻不聽使喚地說道：「你不怕出事？剛才那個冰棍你也看到了，上次逃了，下次不一定那麼幸運，你不是也有拚老命想解開的案子？如果這麼不怕死，很快就會沒命……」

莊天然按了按隱隱作痛的右手，「不是不怕死。」

「啊？」

莊天然抬頭道：「只是有即使死亡也要完成的事。」

田哥怔了下，看著莊天然平靜而堅定的臉孔，心想：難道就是因爲新人才能說這種大話？但面對著這個年輕人，他竟然也有了說不定能突破萬難，正面迎敵的想法……

莊天然不再理會田哥，把手伸向面前的人，拍了拍「他」的肩膀。

田哥立刻往後跳，莊天然做好防禦的心理準備，但背對的人動也不動，宛若蠟像。

莊天然稍微放下心，低聲說一句：「打擾了。」

接著把「他」翻成正面，「他」看來像是一名普通男子，只是臉部幾乎不成人形，面容青紫浮腫成三倍大，閉著的眼瞼泛黑，像是存放在太平間的大體。

田哥倏地躲了數十公尺遠，在角落窺視。

莊天然沒管他，伸手翻了翻男子的上衣，在口袋發現一張被鮮血浸染的身分證，滿是污痕，怎麼抹也抹不乾淨，只能依稀看見姓名欄裡有一個「王」字。

莊天然一面注意著男子的臉，一面翻找他身上有沒有其他線索，男子合上的眼瞼彷彿隨時會睜開，僵硬的四肢似乎隨時會暴起。

田哥看得頭皮發麻，緊張兮兮地說：「不、不要亂碰啊！」

莊天然沒理他，繼續翻到右邊口袋，摸出一包灰白色的粉末。

莊天然蹙眉。

田哥見莊天然搜到東西，總算走過來，「這什麼東西？」

莊天然說：「這裡有人吸毒嗎？」

田哥「啊？」一聲，「怎麼可能！人都死了還吸什麼毒！」

「我說進來的玩家。」

「喔，不太可能啊，玩家都是隨機進來的，連衣服跟身上的物品都是隨機分配，通常第一關會跟自己現實的裝扮最接近，之後每一關全靠運氣，我還看過有人最後只穿內褲咧。」

莊天然點頭，打開夾鏈袋，用手指拈了拈，聞一聞，「嗯，不像。」

田哥探了探頭，「這是銀粉吧？」

「銀粉？」

「烤漆在用的，我以前做工。」

莊天然陷入思索，「銀粉……」他好像也見過。

「銀粉跟密碼有什麼關係啊？裡面有藏紙條嗎？」田哥想把銀粉拿過來倒在掌心，被莊天然制止。

莊天然拈著指尖的銀粉，細小的粉末吸附在指頭，現出深刻的指紋。

莊天然說：「我知道在哪裡見過了。」

田哥還來不及問「見過什麼？」，便看見莊天然筆直地走向管理室的門，直接將整包銀粉潑在密碼鎖上頭！

「你瘋了啊!?」田哥大叫，想制止已經來不及，密碼盤被潑得一片白，滿地粉末，夾鏈袋空空如也。

田哥大罵他居然浪費寶貴的線索，但莊天然充耳不聞，湊近觀察密碼盤，銀粉附著在密碼盤上頭後，竟然浮現出清晰的指紋！

指紋明顯聚集在「1」、「4」、「5」、「8」四個數字，顯然密碼就是這些數字的組合。

田哥瞠目結舌，「你……怎麼知道銀粉是這樣用?」

莊天然一面觀察，一面說：「我看過鑑識科拿銀粉來蒐證。」

銀粉質量輕，碰到指紋的油脂很容易黏附，因此經常被用來蒐證。

田哥瞬間露出驚喜，但很快又垮下臉色，「不對啊，就算知道是這四個數字，要怎麼知道順序?我先告訴你，最好別想亂按一通，在這遊戲裡，不能犯任何一點錯，哪怕只是小小的失誤，都很可能當場沒命。」

莊天然一臉平淡地在密碼鎖按下「8」、「1」、「5」、「4」。

綠燈亮起，解鎖成功。

田哥張大嘴，這回是眞心佩服了，「你怎麼知道順序？」

「看指紋深淺。通常越按到後面的數字，手指印上的油脂越少，吸附的粉末也會變少，所以指紋越淺的數字，代表越後面。」

莊天然正想推開管理室，田哥忽然按住他。

田哥的表情前所未有地凝重，語重心長地說：「小子，聽我一句，以後在這遊戲，說話別太直。」

「爲什麼？」

「死得早。」田哥自嘲一笑，笑容有點苦，「你還不知道，在這遊戲，眞正置人於死的往往不是冰棍，而是人性。和其他人打好關係比解謎重要太多，你不也差點被我利用了？」

莊天然頓了一會，搖搖頭。

「就是因爲你們一直在做這種事，才會讓一個荒唐的道理，變成常理。」

莊天然拉開田哥的手。

「我不打算迎合你們的歪理。」

田哥瞠目。

莊天然不再作聲，推開管理室，裡頭竟然有六個人。

03 玩家

房間裡四面八方全是監控螢幕，映出大樓每個角落，正中央有一台控制面板，五個人聚集在面板前，側過身對著他們笑，一副看戲已久的模樣。

「來了、來了！」其中一個穿著潮牌、劉海幾乎遮住半邊臉的青年站起身，拍了拍手，「不錯，恭喜你們解開密碼！」

旁邊穿著白色迷你裙配高跟鞋的女子抱住潮牌男的手臂，幾乎將他的手臂塞入乳溝，嬌嗔道：「你們好久喔，我們都等快一個小時了！」

莊天然微微蹙眉，視線掃視一圈，很快發現角落有一名個子不高的削瘦男子，正舉著手機朝他們拍攝。

莊天然走向前，還沒阻止瘦子男，先被三個橫插而入的男子擋住視線。每一個都比他高出一顆頭，尤其中間的男子身材特別壯碩，就像一座山擋在他面前。

壯碩男笑開嘴，其中一顆牙是金牙：「兄弟，別急，我們在錄一些精彩的畫面，讓你一秒成爲網紅！」

莊天然不明白他的意思，「別拍。」

站在右邊穿著正裝的油頭男子按住莊天然的肩，「沒關係，我能理解，你不要有壓力，先聽聽看就好，只要五分鐘，就能改變你的人生！」

站在左邊年紀最輕的鴨舌帽男跟著幫腔：「對啊，先聽聽看，我們只是想幫助你！」

油頭男率先伸出友善的手，「我先自我介紹一下，我是YE，你可以叫我葉子哥，我們是一個youtube網路行銷團隊，名字叫自我流，你應該有聽過？那個是我們的團長，劉智，劉哥。」油頭男指向潮牌男，潮牌男朝他揮了揮手。

莊天然正想說沒聽過，田哥馬上越過莊天然，握住葉子哥的手說：「聽過、聽過，油土伯嘛？很有名、很有名！」

葉子哥莞爾，指向左邊兩名團員，「我旁邊這兩位，體型很壯這個，你可以叫他大壯，戴帽子這位，叫作阿威。」

說完又指向瘦子男的方向，「那邊那個是我們的攝影，小夫，他現在在做直播。」

直播？

田哥驚呼道：「直播!?」

葉子哥湊近莊天然和田哥耳邊，以只有他們兩人才能聽見的音量，神祕兮兮地小聲道：

「是啊……我們有團員運氣好，進來這個世界的時候，身上的手機被保留了。不只如此，還是一支可以和現實世界聯繫的手機，功能完全正常，上網也沒問題。」

居然可以聯繫？

莊天然沒想到，這裡竟然會有手機，而且可以和外界聯繫，很可能會成爲脫困的捷徑。

不論如何，這都是目前和現實世界唯一有關聯的東西，好比在密室逃脫裡得到一台能夠與外面聯繫的對講機。

田哥比莊天然激動得多，「怎麼不求救？把我們困在這裡的事情報出去啊！」

葉子哥搖了搖頭，「不行，只要洩露跟這個世界有關的訊息，手機就會自動關機。」

一直保持沉默的莊天然問道：「如果遇到解不開的關卡，用手機上網查線索，或者發文提問，可以嗎？」

葉子哥笑：「不錯，你腦筋轉得很快。」

莊天然頓了下，生平第一次被人這麼說，莫名有點高興，只是面色不明顯。

「所以，我們能保證讓所有人通關，只要你們做出一點小小的配合，配合我們做直播，這也是給你們一個全新的機會，回到現實世界還能做個網紅。」

葉子哥邊說邊示意大壯和阿威讓開，他從小夫手裡接過手機，關閉麥克風，給他們看直播內容，「你們看，現在觀看人數已經突破兩萬！有兩萬個人在收看你們精彩的表現，目前禮物欄這邊，看到數字了嗎？五萬九千多元。別人還在月薪兩萬二的時候，你一小時就能輕鬆進帳五萬。」

直播畫面底下的留言不停刷新，觀眾反應熱絡，紛紛喊道：

新成員反應超真實！自我流真的很用心，演技都可以拍電影了！

推電影+1

黑髮的好好看

人呢？看不到臉了！

沒聲音了？

聲音呢？

葉子哥看著觀眾急切的反應，眼底都是笑意，正要重新點開麥克風時，手機被莊天然一掌推開。

莊天然搖了搖頭，「抱歉，我不配合。」

葉子哥不解地看向他，眼神明顯訝異。

「這不是演戲，是真實案件，不應該被當成玩笑看待。」

葉子哥失笑，「就是眞實才好啊！越眞實越受歡迎，直播不就是這樣嗎？放心，不會叫你演戲做人設什麼的，我們不搞那些花樣，只要眞實演出就好。」

莊天然直視葉子哥，「所以剛才才會刻意控制鐘聲，讓我們一下被追殺，一下又被放過？」

突然被這麼點明，葉子哥明顯愣了愣，很快回過神，「兄弟，你怎麼會這樣想？我們都在一個關卡，都是自己人，你看我不是一下就把這麼重要的道具告訴你了？而且帶你進直播也是在幫你，你還這麼年輕，難道不想實現夢想累積財富？」

莊天然還是搖頭，「這不是娛樂節目。」

葉子哥臉色稍霽，「別這麼認眞……還是說，這是你的案子，你就是這關的家屬？」

一語落下，整個房間突然陷入靜默，所有人齊齊看向黑髮男子，眼神異常凝滯，變得有些詭異。

田哥立刻扯住莊天然，「大哥，抱歉、抱歉，小朋友剛進來不懂事！我跟他談一下！」

葉子哥一臉狐疑。

田哥把莊天然拉到旁邊，壓低音量急喊道：「我不是警告過你別這麼直接？別讓他們懷疑你是家屬！我還沒告訴你啊，想要離開這個關卡，只有兩種方法——一種是解開懸案，並且銷毀關鍵證物，另一種就是『凶手』或者『家屬』其中一方死亡！」

田哥雙手按住莊天然的肩，拚命搖晃，「你想想，懸案有那麼容易解開嗎？更不要說這裡多危險，說不定還沒解完就死了！所以，大多數玩家都偏向挖出凶手或家屬，然後殺了他！」

莊天然沒想過竟然還有這種玩法，不由得皺眉，「如果玩家都自相殘殺……難道不會天下大亂？」

田哥搖頭，「這裡有個機制，只有凶手和家屬能夠互殺，其餘角色不得殺人，否則會立即遭到報應。我看過有人想隨機殺人，結果刀子當場斷裂，反彈刺穿他的腦袋。」

莊天然邊聽邊思索，思緒繞了一圈，最後發現似乎又回到原點。他略無奈地說：「如果一般玩家不能傷人，那為什麼要怕他們？」

田哥一臉恨鐵不成鋼，「殺是不能殺，但是能害死人啊！你不曉得這裡有多險惡，為了破關，多得是逃避規則的手段……我看多了，像你這樣的玩家，不要說十關，連第一關都過不了！」

莊天然陷入沉默。

「而且，這群人居然有可以上網的手機！我玩了這麼多關，算是第一次遇到這麼有用的道具，跟著他們絕對能破關，你難道不想前進下一關，早點解開自己的案子？」

當然想。莊天然心想。

田哥見莊天然聽進去，又拉著他回到葉子哥面前，「大哥，抱歉啊，他沒事了！直播是嗎？我們保證配合！」

葉子哥的視線在他們之間游移，最後停留在莊天然身上，臉上仍是不變的笑容，「沒關係，新人嘛，緊張一點能理解。」他在「新人」兩字上語氣明顯加重，彷彿暗示著他並未完全相信田哥的說詞。

田哥不斷點頭，擺出請開始的手勢。

「好，那我們就繼續了，跟剛才說的一樣，自然就好，當鏡頭不存在，主導是劉哥，你們只要配合劉哥。記住，我只有一個要求，千萬別講跟這個世界有關的敏感詞。手機一旦關機斷網，要隔天才能連上網路，沒了這個道具，大家都不好過，明白嗎？」

葉子哥再三告誡，田哥頻頻點頭稱是。

葉子哥把手機還給小夫，小夫唯唯諾諾地接下，點開麥克風，繼續抬手錄影。

他知道觀眾想看什麼，相當有技巧地將畫面聚焦在莊天然身上。

莊天然正在深思，沉穩的氣質配上略顯年輕稚嫩的臉孔，意外地有反差萌。

觀眾們見到畫面又回來了，而且迎面而來便是新來的小帥哥，頓時瘋狂留言洗版，同時不停跳出禮物贊助。

莊天然忽然張口，目不斜視地對著螢幕說：「這裡不是現實世界。」

螢幕瞬間黑畫面，手機直接關機。

「直播斷了！手機也關機了！影片沒留檔！」小夫驚慌失措，從他的表情可以看出這對他們而言是多嚴重的事。

大壯一腳跨到莊天然面前，揪起他的領子，仗著體格優勢將莊天然高舉離地，「混帳！你搞什麼啊！這是十幾萬的收入，你他媽賠得起嗎？」

直播一場收入至少有十幾萬，再加上今天的直播有贊助商，突然斷播可能還要支付鉅額違約金！

葉子哥笑容消失，冷峻地說：「與我們為敵，你不要線索了？」

「你說的我都清楚了，但不構成說服我的理由。」

莊天然依舊淡然，「即使少了一個道具，關卡也有它的解法，一樣可以通關。」

田哥臉色大變，「小莊！你說什麼！」

莊天然看了眼田哥，又瞟向控制器，「你不是說只要控制鐘聲就能破關，很簡單？」

田哥啞口。

這個關卡目前看來確實不難，但他一路上都是靠著察言觀色走過來，已經習慣抓準時機攀附大佬或者大群體，從沒想過脫離團體獨自破關。

畢竟在這種九死一生的高危險環境，誰會想與所有人為敵，一個人單幹？

大壯聞言，大笑三聲，語尾挑釁地上揚：「你說靠控制鐘聲就能破關？好！」

語畢，他竟然抄起放在角落的鋼棍，猛地往控制面板砸！

控制面板應聲碎裂，鐘聲不停大肆作響，漸漸轉弱，田哥發出驚恐的慘叫，彷彿鋼棍是砸在他身上。

田哥衝過去阻止大壯，「別砸、別砸！你瘋了？這樣我們怎麼阻止冰棍！」

大壯咧開嘴，手上動作未停，舉起鋼棍就要順勢往田哥背上狠砸——

莊天然正要阻攔，劉智出面了。

「好了、好了，別衝動。」劉智拍了拍大壯的肩。

大壯呸了一聲，滿臉不情願，手中依然緊握鋼棍，沒有鬆開。

劉智抬了抬下巴，「放下啊，把人打死了，不怕傷害反彈害到自己啊？」

他朝其他團員彈了彈指，所有人互換眼色，同時露出意會的笑容，一步步包圍住田哥。

田哥抱著毀損的控制面板，仰起頭，露出茫然且惶恐的神情。

劉智掏了掏耳朵，吊兒郎當道：「老樣子，自己注意啊，分散傷害，就不用怕反彈！」

這是他們的慣用伎倆，雖然不能殺人，但如果一群人圍攻，個別造成的傷害很低，即使把人打殘，也不會招致報復性反彈！

在這個世界如果被打傷，等於死路一條。一來是因爲這裡沒有醫院，無法治療；二來是行動不便的玩家遇上冰棍，基本上逃不了。

他們不是第一次用這種方式除掉異己，所以說，在遊戲裡組隊才吃香。

大壯滿肚子火，急於洩憤，正要揮出第一拳——

「別動！」莊天然喝道。

田哥一臉感激涕零，想不到對方不懼權威，還會替他發聲，但下一秒，大壯直接一拳砸中田哥的臉部，把他整個人揍倒，鼻腔頓時湧出鮮血，讓他發出痛苦的哀號。

女子尖叫出聲：「呀！別打架啦！」

阿威見到團員出手，趁亂衝過去補上一腳，踹了田哥腹部。

劉智是最先喊出集體群毆的召集人，卻遲遲沒有出手，一臉興味地站在正中間看戲。

葉子哥把田哥架起來，讓田哥充當團員的沙包，同時轉頭對小夫說：「手機能開了嗎？

錄起來，也許可以當幕後花絮。」

小夫看了看被葉子哥架住不停痛苦呻吟的田哥，又看了看劉智，顫巍巍地拿出手機。

場面一片混亂，簡直無法無天。

莊天然突然橫入，擋在田哥面前，皺起的眉頭有一絲怒色，「放開他！」

團員們相視一秒，彼此眼中都有嘲諷。

大壯輕蔑地笑出聲：「還敢攔我？來得好！我他媽連你一起揍！剛才還沒找你算帳，別以爲你躲得過，沒把你揍殘我不姓郭！」

「哈哈哈！你有沒有搞清楚狀況啊？現在是五打二，你憑什麼覺得我們會聽你的？」

莊天然斂容，沉著鎮定地從口袋裡拿出卡夾，亮在眾人面前，「就憑我是警察。」

眼前是一枚金色的警徽，上頭有一輪象徵正義的太陽。

莊天然剛剛才從外套口袋發現，他把警徽也帶來了。

這句話迸出的瞬間，氣氛霎時凝結，一聽見對方是警察，所有人本能地微忡，一時不敢動作。

接著下一秒，突然爆出笑聲。

「哈哈哈！警察？警察有用嗎？」

「警察先生想把我們抓去哪裡？警察局？警察局在哪？我怎麼沒看到？」

所有人都在大笑和戲謔調侃，彷彿聽了天大的笑話。

這裡沒有警政機構，而且比現實世界荒唐得多，執法人員一點也不算什麼，就算是元首在此，他們照樣往死裡揍。

這裡沒有法律，人就是法律。

大壯推了把莊天然的肩膀，「你以爲我們沒遇過警察啊？還不是照樣搞死！警察算什麼？我還當過國軍咧！」

眼前這個人的身板比剛才挨打的花襯衫還纖細，他打起來都嫌沒手感！

大壯說完又要推第二把，莊天然不再謙讓，立刻後退一步，握住大壯的手腕，反手一扭！大壯驚愕，想甩開手，沒想到對方力氣大得出乎意料，而且速度快得驚人。

莊天然沒等大壯掙脫，直接反扭過他的手，用全身的力量往身下一按，「啊！」大壯霎時慘叫出聲，被壓制在地板上動彈不得！

全程不到一秒的時間，一氣呵成。

莊天然用脫下的外套綑住大壯的雙手，任他像砧板上的魚做出無謂的掙扎。

「滾開！放開我！混帳、看什麼看？快來幫忙啊！」大壯怒吼。

葉子哥驟然回神，揮手示意阿威一同幫忙，阿威急忙跟上，兩人撲向莊天然。

莊天然神色一凜，抬手，肘擊第一個撲過來的葉子哥，葉子哥被擊中鼻梁，眼眶溢滿生理淚水，捂著鼻子睜不開眼。同一時間，阿威揮出拳頭，莊天然早有預料地伏低身子，讓阿威揮拳落空，趁他失去重心身體沒站穩，一腳將他橫掃在地！

葉子哥飆淚捂鼻，鼻梁的疼痛還沒緩過來，突然被人從後方扣住脖子，肘擊側頸，神經抽痛一瞬，白眼一翻，當場昏厥。

莊天然放下葉子哥癱軟的身體，阿威正好從跌倒的恍惚中爬起身，莊天然立刻上前，扣住阿威的手，往後反扭！誰知道還沒使力，阿威便叫得像殺豬一樣，好像右手要被扭斷似地，跪地不停求饒。

其餘的人全看傻了。

別說武力值爆棚，從頭到尾，莊天然幾乎都只用單手。

只有田哥知道，不僅如此，他用的還是左手，因爲剛才在電梯時右手負傷。

他這才知道，莊天然作爲新人能夠如此冷靜，遇到危險比一般人勇敢果決，而且洞察力強的原因——原來因爲是警察。

莊天然不苟言笑，看向愣怔的其餘團員。

「警察治不了你們，武力行嗎？」

一瞬安靜，現場無人敢再動作。

劉智看體型最壯的大壯和力氣最大的阿威，以及輩分最長的葉子哥，一個個全被打倒在地，笑容逐漸變得勉強，嘴上卻依然不肯承認錯誤，嬉皮笑臉地道：「靠！幹嘛啊，開不起玩笑喔？警察可以這樣打人嗎？」

莊天然仔細思考，「違反公共秩序的話可以。」

劉智：「……」

莊天然見劉智抽動的嘴角帶了一點孩子氣的不安，不由得沉默。劉智看起來還很年輕，甚至不知道有沒有滿二十歲，想想對方也只是個孩子，不須過分嚴苛。

正當他這麼想時，腦中突然浮現室友的聲音：「小孩子啊，很單純，又天真，所以一不小心就越界了。」

莊天然頓了頓，忽地想起很久以前的事情。

那時還在育幼院，中午有一個小時的午休時間，所有人必須聚集在大通鋪睡覺，因爲隨時會有社福單位來稽查，所以院長特別要求老師必須盯緊這段時間，沒睡的人會被懲罰。

有一次午休才過一半，他醒了，急著想上廁所，但不敢吵醒老師，如果打擾老師休息，晚上就要一個人刷所有的廚具，上次有人被罰打掃，整晚都沒有回來睡覺。

莊天然偷偷爬起身，連睡在身邊的室友都沒有吵醒，躡手躡腳地離開大通鋪，走向廁所的路上，他經過了廚房。

廚房飄散紅豆湯的香味，讓莊天然忍不住往裡面瞧，他知道這個時間廚師應該是在準備下午的點心，不過點心通常只有院長和老師能享用。

莊天然看向廚房，沒看見廚師，可能是又到後院抽菸去了，但他看見了一雙瘦小的手，把鍋子從爐具上搬了下來。

那人搬得很吃力，加上半條腿捆著繃帶不便於行，晃了兩下，終於把鍋子放到地上。

接著那人拆開櫥櫃裡放的老鼠藥，一顆顆加進鍋子裡，加到一半，頓了會，突然撕開所有包裝全部倒進去。

加著藥的孩子，臉上沒有猶豫，像玩鬼抓人時當鬼那般認真，甚至還覺得好笑似地，吃吃笑了起來。

莊天然吃驚得差點驚呼出聲，身後突然伸出一隻手摀住他的嘴，才沒發出聲音。

莊天然瞠大眼往後看，看見室友的側臉，頓時鬆懈下來。

室友帶著他到廁所，莊天然一陣後怕，不安地說：「怎麼辦？」那個老鼠藥……

室友不答反問：「你想怎麼辦？」

莊天然揑著手，「我不希望院長和老師吃老鼠藥……」

室友又問：「爲什麼？他們對我們不好，還把范忍的腿打斷了。」

莊天然猶豫半天，比起掙扎該怎麼做，更像在試圖組織語言：「我……因爲我覺得……老鼠藥不是食物，就算是院長和老師，也不該吃這種東西……范忍做錯事了。」

室友一如往常地平和，「嗯，你想怎麼做？」

「偷偷把湯倒掉？不要讓院長他們發現，他們一定會很生氣，可能又會打人……」

「好。」

莊天然見室友一直點頭，不確定地問道：「你覺得這樣好嗎？」

室友只說：「我會幫你。」

後來他們看廚房沒人，偷偷把湯倒掉，可是，當廚師回來後，發現整鍋紅豆湯都沒了，徹底大發雷霆，所有人開始到處質問是誰幹的。

沒人承認，於是，他們看了監視器。

有三個人曾經來過廚房，所有行爲全被錄了下來。

整棟育幼院都能聽見院長的怒吼，吼著：「惡魔！你這個惡魔！你想殺死我們嗎？」那個劑量的老鼠藥，足以殺死人。

范忍在毒打中慘叫哭泣：「我沒有想殺人！我只是想讓你們拉肚子！我沒有、我沒有！」

莊天然摀著耳朵，在房間裡發抖，原以爲又要忍受長達半個月的折磨，但慘絕人寰的聲音沒有持續多久。

隔天，范忍不見了，院長在朝會上說，已經安排范忍去更適合他的地方，而莊天然和室友，則在全院面前接受表揚。

院長從沒對他笑得如此和藹可親，甚至給了他一個漂亮的小花胸章，對著全院的小朋友說：「他們就是你們的榜樣。」

可是莊天然看著台下，豔陽之下，所有人的臉上都覆蓋著恐懼。

莊天然不斷地想：范忍去哪裡了？我是不是做錯了？如果我沒倒那鍋湯，范忍是不是就不會被發現了？

莊天然躊躇不安，室友坦然接受。

朝會結束後，回房間的路上，莊天然問了室友在他心中盤桓已久的那句話，室友摸了摸他的頭，「你覺得對的事，別人不一定覺得對，別人覺得對的事，你不一定覺得對，所以，做自己就好。」

莊天然沉默不語。

室友也安靜了，看向走廊斜對角，那扇緊閉的、再也不會有人回來的房間，喃喃道：

「小孩子啊，很單純，又天真，所以一不小心就越界了。」

莊天然疑惑地偏頭看室友。

室友看著斜前方，「但有時，單純天眞沒有錯，錯的是讓他走錯路的幕後推手。」

莊天然不明白，「什麼意思？」室友說的話眞的很難懂，大概是因爲他經常看一些神祕祕的書，在大家玩鬼抓人的時候，室友經常在樹下看書，莊天然曾問：你已經那麼聰明了，爲什麼還天天看書？當時室友說：聰明不管用，知識才管用。

室友揉了揉他的後頸，「意思是你只要繼續做你覺得對的事，我會幫你。」

莊天然深思室友說的話，就算語帶玄機，但久而久之耳濡目染，也能感覺出一絲不尋常。他回想這次的事情，小臉微皺，凝重地說：「萬一我們其實做錯了呢？」

「就我所知，你大多時候是對的。」

一般莊天然問到這裡，便不會再繼續追問，他已經習慣相信室友說的每一句話，即使是他聽不懂的話。但或許是這件事對他刺激太大，又或者說，讓他成長一些，所以他問：「那如果我認爲對的事，害了其他人呢？」

室友看了他一眼。

莊天然也看著他。

室友伸手，悉心整理莊天然略微縐起的衣服，擺正他胸前象徵「榮譽」的小花胸章，垂下臉，在他額前印下一吻，「沒辦法，我只負責你。」

莊天然閉了閉眼，從往昔的記憶中回神，不自覺摸了摸額頭，看向面前撇嘴笑得散漫的孩子，想起自己身處在荒誕不經的世界，內心嘆了口氣。

自從來到這個世界，他更常想起室友了。

但奇怪的是，他對室友的所作所爲記得一清二楚，甚至清晰得恍如昨天發生的事，爲什麼就是唯獨想不起他的臉？

還有，室友……叫什麼名字？

——看來這個世界，還有一些他不知道的詭異離奇之處。

莊天然收回心緒，蹲下身拍醒暫時昏過去的葉子哥，葉子哥恍恍惚惚地睜眼，一時還有些迷茫，不知道自己被打暈了。

「幹！快把老子鬆開！」大壯不停吼著，在地上翻滾掙扎，差點撞到田哥，田哥趕緊跳開。

莊天然充耳不聞，把葉子哥拍醒，確定對方沒事後，又看向劉智，「你們把鐘聲毀了，是還有後招？」

鐘聲是目前唯一能阻止怪物的方法，他不信這群人會自斷生路，肯定是還有方法。

劉智聳了聳肩，「也許有？但剛才被打了一頓，我失憶了，怎麼辦？哈哈。」

我根本沒打你。莊天然無語。

就在這時，「砰、砰、砰！」突如其來的拍門聲，讓在場所有人原地彈起。

「有人嗎？有人在裡面嗎？幫忙開個門！」

門外的聲音有些熟悉，伴隨著清脆的「叩、叩、叩。」聲響。

莊天然想，難道還有其他玩家？

在場無人妄動，莊天然走向門口，被所有人擋住，「等等！」「等一下。」「不要開啊！」網紅一夥人不約而同地說。

「是啊，小莊，先不要衝動！」田哥竟然也站在他們那邊。

「怎麼了？」

田哥惴惴不安地說：「門外……真的是人嗎？」

霎時所有人安靜，莊天然一頓，心想：確實，有可能是怪物的僞裝。

門外的人還在顫抖地喊：「求求你！快開門！他要下來了！」

劉智說：「哈哈，那就更不能開了，萬一也把冰棍放進來怎麼辦？」

門外的人不斷尖叫、拍打門板，發出絕望的嗚泣聲。

「救命、救命！他、他要來了！」

「救我！拜託救救我！」

莊天然思緒煩亂，耳膜震個不停，彷彿又回到小時候的夜晚，隔著一條走廊，一張門板，沒日沒夜的哭聲，一次又一次求救，最後眼睜睜看著對方再也沒回來。

莊天然轉身想開門，一把折疊刀猛然抵在他的頸部，出手的人用力過猛，甚至有部分刀片刺入肉裡，泛起刺痛。

「你幹嘛！」田哥震驚地吼道。

葉子哥握緊小刀，陰鷙地說：「別開門。」

阿威事不關己地說著風涼話：「又來了啊，這次不知道要流多少血。我說你是想害死誰？就跟你說門外有九成是冰棍，開門是想殺死所有人嗎？」

「嗚嗚嗚……」門外的人發現求救無門，傷心地哭了起來，同時因為不再喊叫，「叩、叩、叩」的聲響變得更清晰。

莊天然想了一會，突然想起這是什麼聲音！

他不自覺摸了摸手腕上的護身符。這個聲音，不就像佛珠撞到門板的聲音嗎？

莊天然這才猛然想起，門外確實還有一個玩家，他最開始在樓梯遇見的那個掛滿佛珠的黃袍男子！

莊天然驀地抬手，抓住了葉子哥的食指，反手一扭，葉子哥發出慘叫，莊天然轉身，接住小刀，過程不過三秒。

田哥嘶了一聲，同情地看著葉子哥，突然覺得自己有點傻，以小莊那樣的身手，肯定學過擒拿的啊，這種威脅根本小菜一碟。

莊天然接下小刀以後，走向眾人，所有人立刻面露驚恐地後退，接著莊天然蹲下身，割掉捆住大壯的衣物。

不只所有人，就連突然被釋放的大壯都茫然了。

現在是怎麼回事？

莊天然拍了拍他，「站起來，我要開門了。」

大壯連忙站起，吼道：「你這個白痴！門外的人管他去死！」

這才是所有人真正的心聲，他們一點也不想開門，就算知道門外的有可能是人，也管他去死。

莊天然沒理會大壯抓狂的吼叫，轉身開門；大壯正想從背後撲過去……田哥突然衝過來把大壯撞倒在地！

「小莊！快開門！」

莊天然越過眾人，直接開啓了門——

門外的人朝他們露出了詭譎的笑容。

他的右手舉著黃袍男子的屍體，指骨掐在屍體脖子上，黃袍男子死狀淒慘，翻白眼吐舌，臉部腫脹發紫，如同斷線的玩偶，隨著他敲門的動作晃呀晃，連帶屍體頸上的佛珠，一下下敲在門板上，「叩、叩、叩。」

送貨員用黃袍男子的聲音不斷地重覆道：「開門啊、開門啊、開門啊……」

打從一開始，就是怪物裝作是死去的玩家求救。

眾人瞬間臉色慘白，有人放聲尖叫。

送貨員扔掉黃袍男子的屍體，屍體頓時軟倒在地。

送貨員速度極快，再度朝其他人的脖子伸手，打算抓住下一個替死鬼，任誰都知道，一旦被他掐住就不可能再鬆手。

而首當其衝的，就是站在門前的莊天然！

莊天然大驚，倏地蹲下身，長年訓練讓他反射神經發達，成功避開送貨員的攻擊——沒想到，送貨員突然手往下，非比尋常的反應時間裡，抓住了莊天然的頭髮！

「啊！」田哥發出驚慌的慘叫。

頭皮傳來被撕扯的疼痛，莊天然知道如果頭皮被撕裂就活不了了，他毫不猶豫地抬起手，用小刀割斷被扯住的一截頭髮，倏地滾地翻身，遠離送貨員。

送貨員見獵物逃脫，瞳孔瞬間放大，露出獠牙，放開斷髮，嘶吼著撲向下一個目標。

葉子哥就是他第二個目標。

葉子哥慌亂中緊急抓住身邊的小夫，如同溺水的人死命撈住浮木，接著把小夫推到送貨員面前。小夫神情驚恐，在即將被送貨員掐住的前一秒，點亮了手上的手機。

手機響了。

「噹……噹……噹……」

是鐘聲。

手機裡，有錄製好的鐘聲。

原來這就是他們團隊留下的後招。

送貨員面露猙獰，舉起的手臂僵直，停滯在半空中。

送貨員血紅的眼珠顫了兩下，骨碌旋轉一圈，掃視過在場所有人，眼瞳充滿怨恨，極度不甘，彷彿強行被關進籠子裡的猛獸，誰也不知道他下次解開束縛會發生什麼事。

所有人立刻離開管理室，關上大門。

莊天然下意識看向密碼鎖，卻發現原本在右上角的電子密碼盤平空消失。

莊天然指向那一處空位，「密碼鎖怎麼不見了？」

「啊？」田哥驚魂未定，回答得有些心不在焉，直到抬頭看清莊天然指的方向，擺手說道：「因為我們解過啦，解過就不會再上鎖，除非有新的玩家出現。」

莊天然問：「既然沒上鎖，那為什麼剛才送貨員要敲門？」

「廢話！他們不會去解密碼，所以從他們的視角密碼盤當然還是存在啊！你別說這種嚇死人的話，如果哪天冰棍也懂闖關，那不就和玩家沒有區別了嗎……」

莊天然還來不及思考，突然被人揪住領口，強行扯到面前！

「你這混帳！你他媽差點搞死我們！」大壯吼得莊天然耳膜嗡嗡作響。

莊天然靜靜看著大壯，黝黑的眼眸沒有一絲情緒。

大壯被他凝視幾秒後，忽然想起什麼似地，僵硬地鬆開手，似乎是想起被壓制的恐懼，但不影響他繼續咆哮：「你這隻豬！早就告訴過你外面不是人，你偏要開門！」

葉子哥站到大壯身邊，同樣面色陰沉，剛才他差一點就成了冰棍的手下亡魂。

劉智原本正在安撫嚇得發抖的女人，一見場面火爆，轉頭幫忙緩頰，「好啦、好啦，小莊這不是新人嗎？記下這次教訓，之後就知道要聽我們老手的話，不要擅自行動害大家團滅。」

劉智表面上替莊天然說話，實際上在場所有人都聽得明白，他就是明裡暗裡諷刺，不聽老手的話就是這種下場，甚至可能害集體團滅！

氣氛降到冰點，所有人朝莊天然露出憤恨的目光，除了田哥一臉「完蛋了」，以及莊天然依舊面無表情。

田哥扯了扯莊天然的手臂，暗示他趁現在劉智還願意給個台階下，最好態度伏低表示配合，或是道個歉什麼的。

他很清楚，如果私底下暗潮洶湧還有可能做做樣子和平共處，而且他們團隊似乎還有內鬥，即使遇到危險，他和小莊不一定會是首要被針對的對象，但若現在小莊變成所有人共同的標靶，那就眞的完了，因爲不管未來發生任何事，他們都會認同第一個推小莊出去送死！

莊天然開口：「抱歉，再重來一次我還是會這麼做。我的選擇也許會害到人，但我無法忽視門外可能還有機會被拯救的人。」

田哥一愣，他要的不是這種道歉啊啊啊！

劉智「喔」了一聲，面上譏笑，實際上握緊了拳頭，手臂肌肉發緊，微微顫抖，摟著他手臂的女子最先察覺他的情緒，轉頭瞪向莊天然，「給你臉不要臉，以爲劉哥願意帶你嗎？劉哥，我們別管他，讓他自生自滅吧！」

劉智得到女人的安撫，情緒很快平復下來，他的視線流連在女人的胸線之間，笑道：「還是莉莉懂事，管他有多少人跟著混水摸魚，我們還是以破關爲優先。」

莉莉露出崇拜的目光，「不愧是劉哥，眞是大方！」

劉智捏了捏莉莉的鼻子，「早點解決才能前進下一關啊，沒看見剛才冰棍的眼神？很明顯不太正常，我想他下次再出現的時候，不會放過我們任何一個人……」劉智趁機伸手到莉莉背後，拍了一下她的臀部，莉莉驚叫一聲，搥打他的胸膛，劉智哈哈大笑。

「靠，老子怎麼怎麼看怎麼火大？小莊，你們警察管妨礙風化嗎？」田哥握緊的拳頭喀喀作響，剛才被百般挑釁都沒事，現在看見劉智手攬美人你儂我儂，卻不由得一肚子火。

莊天然心想，怪物的眼神確實越來越靈活，之前每一次都像靜止的雕像，現在卻能看出被激怒，下次要逃脫恐怕更不容易。

他看向地上披散的黃袍，男子腫脹的屍體不知何時已經消失，只剩沾染屍水的長袍和滿是血漬的佛珠和符咒，疑惑問道：「剛才的遺體呢？」

一行人置若罔聞繼續往前走，只有阿威枕著後腦回頭，輕浮的語調，帶著惡意地說：「消失了啊，在遊戲裡要是死了，不只死相淒慘，還會死無全屍，連個骨灰都不剩，以後想祭拜都沒辦法啊！」

莊天然默然。

田哥看了看人群，又看了看站在遺物前的莊天然，最後選擇跑到莊天然身邊，「快走吧！不然冰棍要醒了。」

莊天然點頭，接著拾起地上散發惡臭的長袍。

田哥立刻彈得老遠，「靠！你撿起來幹什麼？別碰啊！」他對於剛才死者的慘狀還記憶猶新，不提上面又是血又是屍水，這東西剛剛可是還穿在屍體上……

莊天然一語不發，只是安安靜靜把衣服摺好。或許連他自己都沒有發現，這副模樣像極了在黑霧外面遇見的青年，同樣的動作，同樣平靜與莊重。

莊天然手臂掛著遺物，對田哥說：「走吧。」

「不是吧？別跟我說你要把這些髒東西帶走……」田哥跟在他後面碎碎唸。

莊天然頓下腳步，「這是死者遺留的證明，離開這裡可以拿去做鑑定，才能通知家屬。」

田哥張大嘴，一時聽不懂似地，接著一掌響亮地打在額頭上，「你眞是……你是獨生子嗎？還是大少爺？怎麼想法這麼天眞！先不提能不能離開遊戲，你知道我在這裡見過多少人死掉嗎？沒有破百，也有幾十！難道你打算把每個人都帶在身上？」

「能帶多少是多少。」

田哥見莊天然面色不變，油鹽不進，頓時想起剛才的生死關頭，因爲小莊開了門，他們差點團滅，他不怪小莊，因爲最後他也同意開門，摸著良心說，他也做不到袖手旁觀讓門外的人被冰棍殺害。

但是，他冷靜想想覺得自己簡直腦子壞了，明明有一百種確認方法，爲什麼偏要直接開門？他也不是第一天混的新人了，怎麼會跟個毛頭小子一樣衝動？小莊第一次進來，少不經事可以理解，但他不希望小莊因爲一意孤行而送命，他知道小莊是個好人，他打從心底希望他活下去。

田哥難得地收起滑頭，嚴肅道：「小莊，我這是在教你，我認同你的正直，但我不認同天眞。有些事情，不是你想做就能做到！你根本不知道這裡有多危險，光是想著要怎樣活下去就很困難了，別爲了那些無意義的事情自找麻煩！」

莊天然不像以往沉默，抬起臉看向田哥，黑眸很靜，卻有光，「田哥，你說過，來這裡的每個人都揹負著一條案子，對嗎？」

田哥一愣，「對，怎麼了？」

「那你應該很清楚，死者對活著的人影響多深。」莊天然垂眸看向手裡的遺物，「這個人在這裡死亡，等著他回家的人卻不知道。對你而言，這或許是無意義的事情，但對家屬來說，是他們渴望一輩子的答案。」

「田哥，抱歉，我不能保證我的選擇會不會害到自己或任何人，但有人對我說過，我只要做自己就好。所以，我無法欺騙自己的良心，我只會這麼做。」

「就算下一秒就死了，我也接受，因爲我活著一分一秒都無愧於心。」

田哥沒想到莊天然會說這麼多話，但更讓他震驚的是，莊天然走到網紅一行人面前，指著他說：「你們不用花時間搞小手段，想針對我，就衝著我來，我不會躲。這個人跟我不同，他很識時務，又是老手，與他爲敵沒好處，你們組隊，以後我一個人走。」

說完，莊天然越過所有人，頭也不回地走。

「等等。」劉智伸手，抓住莊天然的手臂。

田哥見到劉智攔住他，眼睛一亮。

「小刀留下來。」劉智道。

田哥不敢置信地瞠大眼，怒道：「你連這個也要計較!?」

劉智聳肩，「本來就是我們團員的東西啊。」

莊天然沒有二話，把折疊刀還給葉子哥。

田哥急了，「小莊，沒必要搞成這樣吧？」他看了看莊天然，又看向劉智，內心焦急，搖擺不定。

他知道小莊是在場最老實的人，小莊離開後，恐怕再也找不到像他這樣可信的人。但他無法脫離團隊，闖過這麼多關，從沒見過有人單幹還能有好下場，落單的人更容易成爲冰棍攻擊的目標，他要活下來，不能功虧一簣，一定要活下來。

莊天然心意已決，這回沒有再停下腳步。

劉智的聲音從背後傳來：「我知道你要的是什麼了。你不怕危險，因爲當警察的見過大風大浪，這我能理解，但你不怕闖關，這就怪了，哪個人不想快點逃出去？這只有一種解釋，你想完成這個遊戲——你的身分是家屬？」

莊天然想起田哥提過，別讓任何人知道你的身分，尤其是家屬，家屬會成爲所有人針對的目標，因爲只要該關卡的家屬死亡，該場懸案就會立刻結束。

就算不是該關卡的家屬，如果身爲「家屬」身分的玩家死了，那麼與他案子有關的「凶手」和「嫌疑人」都會一併回到現實世界，甚至不用玩到第十關。

所以，家屬絕對是許多人的眼中釘。

劉智幾乎已經確定莊天然的身分，油滑地笑道：「別說劉哥不夠義氣，最後給你一次機會，現在回來，道個歉，之前的事就算了。否則不管你去到哪裡，我們都會把你的身分宣揚出去，別忘了，我們可是網紅啊，散布消息是我們的強項。再說吧，你知道嗎，乍看是找出懸案眞相的遊戲啊，其實死亡率最高的不是『凶手』，而是『家屬』喔，脆弱的家屬比狡猾的凶手好解決多了，所以別傻了，這裡可不是正義的天堂，警察先生。」

莊天然沒有回頭，只是抬手，五指併攏往前扣了兩下，擺出「儘管來吧」的手勢。

接著踏出門外，消失在眾人眼前。

04 冰棍

莊天然離開地下室，從樓梯往上走，一邊想著送貨員現在暫時停留在管理室，或許能趁這個時候搜查其他樓層，二樓田哥看過，那麼三樓……

莊天然往上爬，來到三樓，格局大致上和二樓差不多，一層兩戶，右邊的鐵門上有一張破舊的春聯，寫著「命」字，卻是倒著貼的。

怎麼看怎麼不吉利，總覺得進去會出事。莊天然先略過這戶人家，走到對面那戶，這戶的大門是深棕色的，門上掛著聖誕節花圈，洋溢著溫馨的氣息。

莊天然轉動門把，門沒鎖，才剛推開門，便聽見身後傳來鐵罐滾動的聲音。

「鏗啷、鏗啷……」

莊天然回頭，一個鋁罐緩緩滾落到腳邊。

他抬頭看鋁罐從何而來，還沒來得及看仔細——後腦勺忽然受到重擊，一記悶棍將他敲昏，當場失去意識。

莊天然是被水潑醒的，徹頭徹尾被冷水淋下，瞬間激醒。

莊天然猛地睜開眼，下意識想起身，才發現自己被捆在椅子上，雙手向後捆住，動彈不得。

潑水的人抓著水桶，單手扠腰，臉上滿是得意洋洋的笑，露出一顆金牙。

莊天然臉上滿是水痕，劉海不停滴著水，視線被冰水浸得模糊。他眨去眼皮上的水珠，眼神迅速掃過四周，確認自己是在其中一戶的客廳裡面，面對著窗戶，左邊是電視，右邊是沙發，眼前的人是……大壯。

大壯揮了揮空水桶，「不是很能打嗎？打啊，再打看看啊，不是很威風？」

劉智坐在沙發上，擺弄著手機，接著把手機架在桌上，對著莊天然拍攝，「嘖，不能直播真是可惜了啊，不過還能錄個影片，也不算太廢物。」

大壯見莊天然毫無反應，用手背搧了搧他濕透的臉，「臭小子，你知道我們要做什麼嗎？我們要拍你被困在這裡，被冰棍殺死的畫面啊。」

莊天然筆直地盯著窗外，一語不發。

大壯恨恨地想：他要徹底激怒這小子，他要看這張面無表情的臉上，還能不能說出那種大話！

「你還沒發現嗎？你想要的，一個也沒實現啊，你不要拍攝，我們偏要拍你，你想要自由，我們偏不給你，哈哈哈！」

莊天然終於抬眼看向大壯，鎮定的神情與狼狽的模樣成反比，「我有兩個問題。」

「喔？還有遺言啊？」大壯對劉智撇了撇嘴，眼神戲謔。

莊天然不理會大壯的挑釁，「第一個問題，這裡是幾樓？」

「三樓。放心，你的同伴跟其他人在一樓，聽不見你的求救，就算聽見了，那個廢物應該也救不了你吧？哈哈！」

「第二個問題，這裡的怪物只有一個？」

大壯頓了下，「對，那又怎樣？目前只看到那個天殺的送貨員，但你以爲只有一個你就能打贏？白痴，冰棍是殺不死的，只有破關才能殺死冰棍！你現在被困在這裡，難不成還以爲自己他媽天生神力能破關？」

「三樓，只有一個冰棍。」莊天然毫無起伏地複誦，額前不斷滑落的水珠模糊了他的黑眸，「那爲什麼我剛才在窗外看到一個女人？」

大壯一愣。

劉智這時站起身，搶先道：「你以爲我們現在還會被這種小把戲嚇到？你說看到其他冰棍？好，那你就留在這裡和『她』待在一起吧！我等著看影片，別讓我失望啊。」

說完，劉智領著大壯離開屋子，關上大門。

莊天然斜眼看桌上的手機，紅燈忽明忽滅，確實正在錄製。

莊天然扭動著手腕試圖掙脫繩索，忍住右手舊傷傳來的驟疼，一面思考：他們的目的到底是什麼？如果只是爲了殺死他，爲什麼要這麼大費周章？直接把他關在地下室和怪物困在一起就行了。

思考到一半，忽然覺得鼻尖有些搔癢，莊天然甩了甩頭，想甩去落到額前的頭髮，卻發現不對，眼前的頭髮，越來越長，不是他的頭髮。

有誰在背後，由上而下看著他，頭髮垂在他的臉上。

莊天然拳頭一緊，渾身僵硬，沒敢抬頭，只是加快扭動手腕，想要掙脫繩索。

頸部感到一絲冰涼，銳利的刀鋒抵在他的脖子上，身後傳來女人的竊笑。

果然，剛才窗外的那個並不是他眼花。

莊天然緊繃得一身熱汗，腦中依然不停思考逃脫的方法——現在自己被捆住，怪物在背後，手裡還有刀，情況相當不利，究竟該怎麼做……

接著，女人動作了。

刀子在他的脖子上淺淺一劃，一劃，又一劃，像是鬧著玩，又像是在準備著什麼。細微的刺痛像是密密麻麻的針戳著頭皮，漫長的折磨更讓人坐立難安。莊天然心想：她在做什麼？小刀太短，不夠鋒利，要割斷喉嚨恐怕有困難……除非，她打算慢慢地割，直到割斷爲止。

莊天然嚥了口唾沫，喉結滾動，身後的女人發出呵呵兩聲，由於距離極近，莊天然額前的髮絲微微揚起。

莊天然一頓，忽然察覺到什麼似地停下動作。

「難道……妳是人？」

女人不動了。

莊天然有了幾分把握，抬頭一看，對上女人的眼睛。

那是一雙銳利、挾帶著冷意的陌生眼睛。

怪物外觀上和人類幾乎一樣，無法單從外表判斷，但莊天然卻已經確認，直白地道出自己的推測：「妳的呼吸吐到我臉上了。」

女人揚起眉毛，彎了彎眼眸，意外地說：「有意思。」

莊天然卻不止於此，又道：「你們到底想做什麼？」

「你們？」

「妳和自我流那群人，是同夥。你們大費周章這麼做，就是爲了拍片？」

「喔？你在說什麼？」女人失笑，不認。

莊天然並非詐她，而是有所確信，「從劃開的距離判斷，刀長大約十公分，厚度兩毫米……這把刀，和自我流持有的是同一把折疊刀。」

「不錯，你眞的很有意思。」女人這回眞心實意地笑出聲來，抵在莊天然頸部的刀子左右劃著玩，「聰明的小帥哥，那輪到我問你，我是人又如何？難道我是人，就不能殺你了？」

「玩家不能自相殘殺。」

女人的聲音滿是嘲弄：「誰說的？說不定，你就是我們要找的家屬呢。」說完，彷彿要印證這句話，女人使勁一按，莊天然喉間頓時爆出血痕，在這瞬間，莊天然神色一凜，驀地抬手，抓住女人的手臂，反手一扭！

女人臉上閃過驚慌，伴隨著劇疼，折疊刀脫離掌心，莊天然奪走刀子，割斷捆在身上的繩索，在恢復自由的同時，起身，抓住女人的肩，將她翻過來，從後方一手箝住她的脖子，另一手握著小刀抵在下頷。

情勢瞬間扭轉，眨眼間，女人成了被挾持的一方。

女人徹底變了臉色，「你怎麼解開的？他們明明捆住你的手了！」

莊天然心裡嘆氣，不能讓他們伏法也只能動手了，毫無紀律的感覺眞糟。

莊天然甩了甩手腕，露出藏在袖子裡的一截佛珠，他們捆住他手的時候，連同佛珠一起捆了進去，只要把珠子從繩子裡挪開，就有多餘的空間能扯鬆繩索——室友在不經意間又救了他一次。

莊天然鬱悶的同時感受到一絲暖意，面上依然保持肅然，「你們的目的是什麼？」

女人冷笑，反問：「呵，你敢動手？『玩家不能自相殘殺』這句話不就是你自己說的？你已經暴露了。」

「照你們的玩法，不死就行了。」

女人怔了下。確實，折磨人的方法有千千萬萬種，只要不死就行了。

「我不信你敢傷人。」她說道。

其實她心裡沒底，但劉智說過，這人是個連屍體都不敢破壞、自以爲行俠仗義的蠢貨，她只希望對方眞有劉智所說的那麼愚蠢。

莊天然垂眸看著女人，從後方由上而下的角度可以看見她睫毛不安地顫動，注視一會後，他默默鬆開手，「我沒打算與你們爲伍。」

女人知道自己賭贏了，悄悄彎起唇角，忽然又聽見莊天然道：「但你們一再觸犯原則，我不是沒底線。」

莊天然往右甩刀，小刀筆直地飛射出去，準確無誤地命中正在錄影的手機！清脆的碎裂聲響起，女人瞬間變臉，門後同時響起怒吼聲：「你這混蛋！」

大壯從門外怒氣沖沖地衝進來，急忙查看破裂的手機，背殼碎裂成蜘蛛網狀，小心翼翼地打開螢幕，幸好還能使用。

他嘗試開啓音檔，「噹……噹……噹……」熟悉的鐘聲迴盪室內，大壯吁了口氣。

這支手機是他們現在最重要的保命符，千萬不能壞，不光是爲了直播，還爲了能夠阻止冰棍，如果手機毀了，劉哥肯定唯他是問……

大壯轉頭，充血的雙眼恨恨地瞪著莊天然，接著大步朝他衝過去，想揪住他的衣領，被莊天然側身閃開。

大壯知道打不過他，氣得雙拳發顫。

女人的視線在兩人之間逡巡一遍，整了整衣衫，若無其事地對莊天然道：「劉智要我試試你是不是這關的家屬，如果你怕被殺死，那麼八成就是家屬——但看來你並沒有，我會告訴他，你不是。」

女人迅速判斷出局勢，知道莊天然不是軟柿子，與他為敵沒有益處，於是立刻想緩和彼此之間的關係，大有透過這番「示好」一釋前嫌的意味。

若是田哥在場，肯定會大罵一聲無恥！先把人綁架了再大發慈悲說一句：「我們老大想殺你，我會回去幫你說好話，你別恨我啊。」天底下哪有這種事？

但莊天然並不在乎。

不論他們對他是否有敵意，是否動作頻頻，都與他無關。兵來將擋，水來土掩，從今以後，不再與他們為伍。

莊天然看向大壯，朝他伸手，掌心向上。

「幹嘛!?」大壯惡聲惡氣地說。

「刀交出來。」

「什麼?你哪來的膽子要我把刀交出去！」大壯不敢置信地提高音量，吼聲響遍四周。

莊天然半句話也不說，一雙黑眸沉沉地注視著他，意思很明確——你不給，我就自己拿。

大壯大罵一聲髒話，朝地上啐了口唾沫，把小刀甩給莊天然。

莊天然接住折疊刀，放進口袋，語氣平板地細數道：「妨礙自由、恐嚇及公共危險罪，這把刀由我代為沒收，你們現在都是觀察對象，注意品行。」

女人怔了下，看向大壯，「這人是條子？」

大壯一臉不爽地撇頭，轉移話題：「妳剛才去其他樓層沒搜到東西？別告訴老子拿命給妳引開冰棍，妳什麼也沒搜到！」

「哦，這個啊，搜到了一個有趣的線索。」女人似笑非笑。

「什麼線索？」

「留著直播說吧，不是要拍當下最眞實的反應嗎？有人的表情會很精彩喔。」女人神祕兮兮地說。

莊天然聽著他們的對話，終於知道爲什麼一開始沒見到這位女子，原來他們分開行動，其他人負責引走送貨員，她再去搜查，才能確保不撞鬼，田哥不斷強調團隊優勢，確實有他的原因。

莊天然思索的同時這才正眼看清楚女人全身，一襲米色洋裝和白色球鞋，他忽然頓住。等等，他剛在窗外看到的女人，明明穿的是紅色。

「喀……喀喀……喀……」

還來不及深思，便被細微的碰撞聲引走注意，接著是一陣拖沓的腳步聲。

莊天然抬頭，見到送貨員眼珠全黑地出現在門口，手裡拖著一根粗重的水管，嘴裡喃喃唸著：「鐘聲響了……時間到……鐘聲響了……時間到……」

眾人一驚，剛才的鐘聲，引來了送貨員！

女人臉色不好，但沒自亂陣腳，立刻奪走大壯手上的手機，再次播放鐘聲。

「噹……噹……噹……」

鐘聲之中，送貨員停下動作，靜止在門口。

女人和大壯互看一眼，打算快點離開，他們腳步極輕，想越過門口的送貨員。送貨員身體不動，眼珠始終盯著他們瞧，轉了一百八十度，在大壯與送貨員擦肩而過時……送貨員忽然轉身，掐住他的脖子！

大壯發出殺豬般的號叫，女人趕緊再次按下鐘聲，送貨員又靜止了。

「快扳開他的手！快扳開他的手！」大壯大叫，不論怎麼掙扎都掙不開送貨員的手指。

女人使勁想幫忙扳開手指，但送貨員的手指像是結冰一樣僵硬又冰冷，頂多只能撐開一點，不足以讓大壯逃脫。

莊天然見她扳不動，立刻過去幫忙，三人費力之下，手指終於稍有鬆動，最後大壯硬擠挪開，整個脖子已都是凍痕。

「咳、咳咳咳咳！」大壯不停摸著脖子，三人遠離送貨員，大壯抓住女人的手腕，急問道：「搞什麼！他不是不會動嗎？難道是靠太近？」

女人面色難看地搖頭，「不，我之前就覺得怪了，送貨員越來越停不住，我懷疑，鐘聲要失效了。」

一語方落，送貨員再次動作，大概只停了兩分鐘。

女人別無他法，只能繼續放鐘聲，這回送貨員雖然停下，卻沒有完全靜止，死黑的眼珠瘋狂顫動，不到十幾秒，竟然又邁開僵硬的步伐！

女人一邊後退，一邊按著鐘聲，再想從旁越過送貨員由門口離開之際，送貨員又動了！只有十秒，根本來不及逃出去。

她又再後退，按下鈴聲。

八秒。

送貨員停格的時間一次比一次更短。

「到底怎麼搞的？要沒效了！」

「難道沒有別的東西可以阻止他？這個關卡根本無解！」

大壯忽然轉頭質問莊天然：「爲什麼第一關的冰棍就這麼難！你難道不是新人嗎？」

莊天然疑問：「什麼？」

「新人的第一關通常是新手關卡，不可能這麼難！他媽的，你是不是騙人了！」

五秒。

「再放、再放！」

三秒。

「完了……我們完了。」

一秒。

送貨員擋在門前，隨著鐘聲失效，他已經徹底露出怪物的眞面目，皮膚死白青灰，滿是皺褶，黑色的血管像蜈蚣一般爬滿臉部，咧開唇，吐出長舌，發出詭異的嘶叫。

女人臉上血色盡失，不停按鐘聲，送貨員……或者該說怪物舉起狹長的手指，指甲尖銳如錐子，刺向女人的胸口，瞄準心臟的位置！

下一秒，莊天然將女人往後扯，「啊！」女人慌叫，驚險地躲開爪子，只有胸前的衣服被劃破一道。

怪物沒料到會失手，死黑的眼瞳驀然盯上莊天然，像是要將他的長相記在腦海裡，接著長爪子撲向他的臉，誓要刨下眼珠——莊天然只見尖銳的長爪近在眼前，躲不掉了！

就在這臨門一腳，樓上忽然傳來鐘聲。

「噹……噹……噹……」

鐘聲已然失效，卻足以引起怪物的注意，怪物猛地往樓梯上看，彷彿聽見世上最刺耳的雜音，瞬間暴怒，嘶叫一聲，傀儡似地扭動四肢，動作古怪地往樓上狂奔。

他們意外獲救，三人靠在門上，冷汗涔涔。

莊天然抹掉臉上的汗珠。

幸好千鈞一髮之際，有另一道鐘聲引走了怪物的注意。

但，哪來的鐘聲？

所有人心中都有這個疑惑，但沒人有餘力思考，只想快點離開。

他們一路跑到一樓，衝出門外，發現外頭天色不知何時黑了，彷彿深夜。

劉智一群人正聚在外頭討論事情，見到三人急匆匆地跑出來，劉智微微挑了下眉。

葉子哥皺眉道：「美青，怎麼了？你們怎麼這麼喘？遇到冰棍了？」

名爲美青的女人和葉子哥解釋剛才的情況，田哥則是驚喜地搭住莊天然的肩：「小莊，你回來啦！看來你已經跟他們談妥了吧？哈哈哈，我就說嘛，大家都是玩家何必搞成這樣！關卡這麼小，不管怎樣都會狹路相逢，一聽我這麼說啊，劉哥同意會好好跟你談一談，沒什麼事是解決不了的啦！」

說好的好好談一談？

莊天然無奈，知道這是劉智騙人的伎倆，大概是在敷衍田哥。

莊天然拍了拍田哥的手臂，沒有多說什麼，不打算一起闖關是真，但他不打算向田哥解釋太多，以免田哥和劉智起衝突。

這時美青已經說完剛才事情的經過，所有人聽見鐘聲再也控制不了送貨員時，不約而同倒抽一口氣。

「那要怎麼辦？」

「難道……沒有東西能夠阻止他了？」

「不可能不碰上啊！」

「這樣不是死定了嗎⁉」

「爲什麼這個關卡這麼難？這冰棍根本無敵！以前那些冰棍至少還像個人，但這個很明顯是怪物……」

「你他媽別說出那個字！」

眾人七嘴八舌，這時，神經兮兮環顧四周的小夫忽然道：「你、你們看……門上是不是多了新的線索？」

他們回頭，公寓大門上貼著一張白紙，紙角隨著寒風輕輕飛揚。

紙上寫著：大樓公約

一、本樓層一層兩户，二樓至六樓爲住户區，目前房客已滿。

二、門禁時間爲晚間十一點，請勿擅自外出。

三、每户一名屋主，請勿攜帶外人入住。

四、清潔時間爲早上九點，請勿於房內逗留。

「門禁還能理解，清潔時間……這是什麼意思？以前有過這種『服務』嗎？」葉子哥看向團員，其他人搖了搖頭，看樣子沒人明白。

劉智皺著眉，自從看見第二條，他就沒再移開視線。

「門禁是十一點……」他仰頭看天色，「我知道爲什麼鐘聲沒用了，因爲早就已經十一點了！」

鐘聲原本是用來提醒玩家時間，鐘響一次代表過了一小時，但後來他們動了鐘聲，每播一次都是在加速時間，難怪天色暗得這麼快。

劉智立刻道：「所有人得馬上進入房間。」

葉子哥說：「房間怎麼分配？誰住哪？」

阿威搶話道：「它說每戶一名屋主，又說房間已滿，是不是代表一人一間啊？」

「你們不覺得奇怪嗎？」美青突然道：「五個樓層，總共有十戶，但我們只有九個人——爲什麼會說『房客已滿』？」

多出來的那個人，是誰？

一語方落，眾人頓時寒毛直豎。

劉智在這時插話：「先不管住不住滿，現在最重要的是門禁時間不能輕忽，我們得快點回房間，至於分配問題，爲了公平，猜拳決定誰先選樓層？」

眾人沒有異議，莊天然也同意，住哪一層對他而言沒有太大差別。

「爲了節省時間，一層兩戶，直接分兩兩一組，每一層派一個人出來猜拳。」

如此定案，有些人分組很快，有些人卻爭執不休。

莊天然和田哥一層，葉子哥和大壯一層，莉莉和美青爲了誰和劉智住一層差點大打出手，莊天然這才知道原來美青才是劉智的正宮，莉莉是這場關卡中新加入的團員，趁美青不在時勾引劉智。

美青把莉莉罵得狗血淋頭，說她是搶男人的賤婊子，聽得莊天然直皺眉。

後來由於美青和劉智認識更久，彼此有對方的把柄，外加美青計高一籌，最後劉智親口同意和美青一層。

莉莉臉色大變，泫然欲泣，看起來十分可憐。

阿威立刻見縫插針，湊過去討好，「沒事，我陪妳一層啊。」

他說這些話時，視線不自覺往莉莉的低胸T恤上瞟，他想：和莉莉睡同一層，說不定晚上會有意想不到的「福利」啊，嘿嘿。

最後剩下落單的小夫。

小夫面色蒼白，顫抖著說：「如果我自己一層，那我隔壁不就是空房了嗎？空房裡住的到底是……」

劉智知道他想說什麼，無所謂地道：「誰知道？也許是送貨員？」

小夫大驚失色，突然跪下來抱住劉智大腿：「劉、劉哥！我不要！你救救我！求你救救我！」

劉智一臉嫌惡，把腳抽開，拍了拍被扯縐的褲管，「不過就是過個夜，你擔心什麼？晚上把門鎖緊不就得了？別像個新人哭哭啼啼！」

小夫哭了出來，「不要、我怕……」

「你還有害怕的東西啊？我以爲你最怕的是『那件事』呢。」

所有人對視一眼，竊竊嘲笑。

小夫臉色慘白如紙。

莊天然察覺小夫在這群人之中似乎受到不平等的對待，現在細想，他的態度總是唯唯諾諾，莫非是有什麼把柄在這群人手上？

莊天然動了下腳尖，還沒邁出步伐，便看見小夫在阿威耳邊說了一句話，阿威頓時臉色大變，轉頭對莉莉改口：「我、我……我和這傢伙一組，抱歉啊！妳再找找其他人吧！」

事態一轉，已經分不清到底是誰有誰的把柄。

「我不要自己一個人！我不要！」莉莉崩潰大叫。

葉子哥瞇起眼眸，眼神在阿威和小夫之間掃視，不懷好意地笑：「阿威，你確定要讓女人自己一個人住？你怎麼忍心？」

「不、不關我的事！你幹嘛不自己帶她？」

「我爲什麼要？帶著也是扯後腿。」

大壯不滿地附和：「對啊，幹，跟老子搶隊友喔？女人就是麻煩，怕東怕西。」

莉莉看著三人在自己面前互相踢皮球，不安的眼神游移，咬住下嘴唇。

田哥眉頭一皺，頓時怒火攻心：「喂！你們在講三小？女人又怎樣？是人跟冰棍住都會怕啦！」

「我自己一層。」莊天然忽然開口。

眾人一愣，尤其莉莉徹底傻住，無聲地看著莊天然。

莊天然比了比田哥，「妳和他一層。」

「小莊……」田哥有些猶豫。

莊天然搖頭，表示自己心意已決。

田哥看向滿臉驚惶的莉莉，莉莉睜大的眼眸寫滿冀望，像是把最後的希望寄託在他身上，如果他拒絕，那就沒人能夠救她了。

田哥注視一會，最終有些於心不忍，外加多次的經驗已經讓他徹底明白莊天然就是頭驢，撞破南牆也不回頭那種，只好嘆道：「好吧，小莊，你自己自求多福，沒見過你這種瘋子，馬路不走，偏要挑山路！」

分組完畢，接著就是猜拳決定樓層。

劉智和美青那組，劉智站出來作爲代表，本以爲這樣就結束，沒想到劉智又說：「小夫，你來猜。」

阿威張嘴，看似要反對，但對上劉智的眼神，還是乖乖閉上嘴，敢怒不敢言。

葉子哥和大壯那組也毫無異議，由葉子哥來猜。

田哥說自己手氣差，逢賭必輸，已經發過誓不會再賭，所以讓莉莉去猜。

於是最後是由劉智、葉子哥、莉莉、小夫和莊天然五人來猜拳。

開始之前，劉智突然陰陽怪氣地問莉莉：「會猜拳吧？」

莉莉低下頭，沒看劉智，點了點頭。

莊天然心想：有人不會猜拳嗎？

「一、二、三，剪刀，石頭，布。」

第一把，莊天然和小夫出了石頭，其他人都出布。

莊天然一愣，怎麼第一局就成了最輸的了？

雖然輸贏沒什麼大不了，但一猜就輸還是會有點懵。

莊天然思考一會，想起剛才其他三人都極有默契地出了同一個手勢，難道跟這個有關？

——如果他們先講好了，三個人都出布，小夫出石頭，那麼不管自己出什麼，結局要嘛平手，要嘛小夫一個人輸，要嘛莊天然和小夫都輸，其他人毫無損失。

難怪剛才劉智會問莉莉「會猜拳吧？」，意思其實是：「會玩我們的玩法吧？」

莊天然唯一不懂的是，不過猜個拳有什麼好出老千？

「三把定勝負，好嗎？」小夫捏著手，緊張地盯著莊天然，像是深怕他不同意。

莊天然暫時拋下心中的困惑，點了點頭。

「剪刀，石頭，布。」

這一把，莊天然出剪刀，小夫出石頭。

莊天然頓了下，怎麼又輸了？這次又怎麼了？

「因爲你上一把輸了，下一把通常會下意識換成別的手勢呀，加上剛才所有人都出布，所以你很高的機率會不自覺出剪刀！」莉莉一鼓作氣地說完。

「妳！」葉子哥怒不可遏。想不到這個女人竟然會把他們慣用的手段說出來，這樣一來，就無法再使用第二次了。

這也是爲什麼要三把定勝負，因爲他們靠的是機率，這些手法「容易」讓對手猜輸，卻不能百分之百保證能贏，所以三把是最保險的做法。

小夫滿額冷汗，眼神飄忽，莊天然看他嚇成這副模樣，無聲地嘆了口氣。

接著第二把。

「剪刀，石頭，布。」

莊天然出了布，小夫出了剪刀。

連贏兩局，勝負已定。

莊天然心想：我永遠不會懂他們的套路。

小夫明顯大鬆一口氣，狼狽地朝阿威笑了笑，阿威怒瞪他一眼，碎唸道：「有什麼用，還不是最後才能選，有夠衰……」

猜拳結束，接著分配樓層。

最贏的是劉智：「我選二樓。」

再來是葉子哥：「我選三樓。」

接著是莉莉：「那我選四樓。」

最後是小夫：「我、我選五樓……」

莊天然沒得選，只能住六樓。

莊天然覺得有些古怪，爲什麼所有人都從最低樓層開始選？有什麼原因？

如此細想，他突然發現一件事——

發狂的送貨員還在公寓內。

越高的樓層，越避不開他！

現在已經沒有任何東西能夠阻止陷入瘋狂狀態的送貨員，只要遇上就在劫難逃，如果自己要爬上六樓，幾乎不可能不遇到。

「那我們先走一步了啊。」劉智說道。

作爲「勝利者」，他根本不管其他人的死活，二樓遇上送貨員的機率最低，越早進房間越安全。

葉子哥和大壯也紛紛往公寓走去，沒人在乎莊天然該如何解決這個難關。

田哥偷偷把莊天然往下扯，小聲道：「你身手好，快點進去，看到哪個房間就先搶吧！一進去就鎖門，先搶先贏……別想了，六樓是穩死的，你雖然說就算爲自己的選擇死也沒關係，但你還是想破關對吧？你不是有必須解開的案子嗎？我信你能活下來，現在只能靠搶了。」

「不行。」莊天然說。

「這種時候別管正不正派了，他們手腳也不乾淨啊！」田哥急道。

「跟猜拳無關，我搶了房間，代表有人會死。」

「那、那要怎麼辦？」

莊天然不自覺咬緊牙關，臼齒發痛也沒察覺。

他不想不明不白地死，在還沒解開室友的案子之前。

但同樣不能爲此殺害其他人。

如果是室友，一定能想出兩全其美的方法，如果是室友，他會怎麼做？

莊天然掩面按著太陽穴，將神情藏在掌心下，深吸一口氣，卻發現吸不著氣，只能更用力地呼吸。

一定有其他方法，如果室友能想出來，那一定有什麼辦法……

「砰！」

天上突然墜下一道黑影。

伴隨著一聲巨響，一具男性軀體摔落地面，重摔的頭部溢出濃稠而烏黑的血跡。

男子後腦勺頭髮凌亂，有一處像是被隨意割斷的痕跡，右手手腕不自然地向後扭轉。

本以爲男子當場死亡，想不到男子渾身抽搐，猛然轉過頭面向眾人。

眾人倏地震驚地退後好幾步，因爲眼前的人，竟然是送貨員！

「啊啊啊！」有人嚇得大叫。

送貨員表情卻比所有人還驚恐，甚至恐懼地發抖，嘴裡不停唸著：「不是我……不是我……別告訴她……不是我……」

送貨員邊抽搐邊嘔出黑色的血，從腳底開始變成沙，逐漸化爲灰燼。

莊天然第一次見到冰棍死亡，震驚得無法言語。

有人指向公寓上方送貨員墜樓的方向，「你、你們看！上面有人！」

莊天然仰頭看向公寓，六樓窗邊依稀站著一道潔白的人影，那人慢條斯理地關上窗戶，自在得彷彿在自己家中。

「怎麼回事!?那是人嗎？」

「不可能！誰能殺死冰棍？剛才冰棍那個狀態，碰上的話怎麼可能不死！」

「難道還有另一個冰棍？」

「你們見過冰棍自相殘殺嗎？」

「沒有……從來沒有這種事，你他媽的，這到底是怎麼回事！」

阿威嚇得臉色發白，「媽媽……我要回家……」

一個原以爲無法對抗的怪物，突然在所有人面前死亡，他們非但沒感到高興，反而更加不安，彷彿有什麼更大的事情要發生了……

在眾人激昂的討論聲中，不知爲何，莊天然想起了那個早餐店的怪物大佬。

「不管怎麼樣，現在還是得回房間吧？」葉子哥眉頭深鎖，反覆研究門上的規則，指骨在紙上敲了敲，「冰棍死了，關卡卻還沒結束，肯定還有後招。」

「可能跟新的冰棍有關，還不知道情況，最好照著規則走。」美青邊說邊推開公寓大門，率先走上樓梯。

眾人互看一眼，決定照原先計畫先回公寓，在屋內搜查其他線索。

送貨員死了，關卡已經產生變化，新的玩法還有待商榷。

於是眾人各自回房。

三樓。

葉子哥和大壯往樓梯上走，大壯邊走邊扶著樓梯杆子，短短三層階梯卻爬得艱難，彷彿揹著千斤鐵塊似地，他忍不住罵咧咧道：「媽的，那個混帳小子……」

「怎麼了？」葉子哥轉頭看向好不容易爬到三樓的大壯。

「還不就是那個姓莊的臭小子！搞得老子腰痠背痛，找機會一定要弄死他……」

「哈，想不到你練這麼壯還會被壓著打。」葉子哥眼露調侃。

「媽的，少說風涼話，你也沒給老子好到哪去！」

葉子哥掛著微笑，眼神卻沉下來，「是啊，所以這個隊伍留不得他。」

大壯忽然想起什麼，收起臉上的陰霾，換上不懷好意的笑容，「對了，明天就用那招吧，我們不是還沒失手過？那小子這麼好騙，我就不信弄不死他！」

葉子哥不置可否。

大壯想到明天的精彩好戲，腦中浮現那個臭小子淒慘的模樣，雖然身體不痛快，但心情卻很愉快。

兩人在長廊分別，葉子哥住左邊那間，大壯住右邊這間。

大壯揉著肩膀，推開大門，屋裡的格局和其他樓層大同小異，除了擺設位置有些不同以外，其餘幾乎一樣。

他進房後先查看每個房間，裡頭總共有一個客廳，一個開放式廚房，兩個臥室和兩間浴室。

大壯走進主臥室，右方是浴室，中間有一張雙人床，左前方是梳妝台，正前方是窗戶，原本只是想快速掃視一圈，卻在經過梳妝台時，發現好像有些不對勁。

他轉過頭，看向梳妝台的鏡子。

然後他看見，自己背上揹著一個人，身體很長，頭部超過了鏡面，只看見身體。

「啊啊啊！」大壯猛甩身體，想把身上的人甩掉。

就在這時，有人推開門。

「你在幹什麼？」美青挑著眉，一臉狐疑。

大壯瘋狂甩動身體，歇斯底里道：「妳沒看到嗎？我背上有東西！快、快幫我弄掉！」

美青走向大壯，語氣依然懷疑地說：「弄掉什麼？」

「我背上！妳他媽是瞎了嗎!?」

「不能帶人進來，你違反規定。」美青走到大壯面前。

「媽的，什麼帶人進來？這他媽不是……」

大壯回頭，看見打開的門，不是房門，是左邊的門。

——女人是從廁所走出來的。

女人長著一張和美青一樣的臉，悄悄咧開了嘴，「不能帶人進來，你違反規定。」

明明是違規，女人卻笑得奸詐，宛如竊喜。

隨著她咧開的唇角，臉皮逐漸剝落，露出鮮紅的血肉，以及獠牙。

六樓。

莊天然一路謹慎地爬上六樓，原本擔心會遇上那個冰棍大佬，沒想到一路順遂，到處空無一人。

莊天然選了左邊那戶入住，原因無他，只因為他在右邊住家總是碰上冰棍，覺得不吉利，偶爾還是相信玄學。

莊天然進入屋內，觀察一番，看起來一切如常，格局也和其他住家無異。

接著他打開主臥室內的浴室——便看見浴室裡站著一隻女鬼。

女鬼身穿紅色長裙，一隻手臂垂下，另一隻手臂舉起，握著刀，蠟像似地動也不動。

莊天然嚇一跳，任誰開門撞鬼都會嚇得魂飛魄散，而他僅是抖了下，硬生生忍住沒喊出聲，這要歸功於他在這場關卡不只一次撞鬼，多少鍛鍊了膽量。

莊天然慢慢往後退，打算離開房間，回頭卻發現房門被鎖上，右邊有道電子鎖。

又是密碼！

很顯然，必須解開密碼才能離開房間。

而那個女鬼，肯定不只是擺設，恐怕和送貨員一樣，只是暫時停止而已，若是沒在時限內逃離這裡，大概就會被殺害。

還有多久的時間讓自己解開密碼？

莊天然邊思考，邊觀察四周有無線索。這時他注意到門把上掛著一面牌子，翻過來一看，上頭用鮮血淋漓的字寫著：「清潔中，請勿打擾」。

清潔中？清潔時間不是九點？

莊天然左顧右盼尋找時鐘，這時他留意到床頭櫃上有個電子鐘──時間居然寫著：「08：00」。

什麼？八點？現在不是半夜？應該剛過十一點才對……還是這個數字跟密碼有關？

莊天然盯著時鐘一會，發現時間動了，變成：「07：00」。

怎麼又倒退了？

莊天然被弄得一頭霧水，他觀察許久，看著時間變成：「06：00」。

他頓一下，忽然明白──這不是時間，而是倒數計時！

只剩六分鐘！要在六分鐘內找出密碼，並且離開房間。

莊天然想，六分鐘說長不長，說短不短，重點是他現在毫無頭緒，浴室裡還有一個隨時可能活動的冰棍，在這股壓力下，很難心無旁騖地專注思考線索。

而且萬一線索在浴室呢？

這時，床旁的電話忽然響了。

四樓。

田哥帶著莉莉，一路說個不停，把自己前幾關的豐功偉業、如何一路破關斬將，說得上天下地，宛若民間傳說。

莉莉聽得眼冒愛心，崇拜地頻頻點頭。

「田哥，你要保護我喔！」莉莉抱住田哥的手，手臂自然地夾在她碩大的胸脯中。

「呃、咳！包在我身上啦！」田哥立刻抽開手，抽開後內心扼腕自己怎麼這麼沒膽，眼神忍不住往夾縫瞟，又強迫自己收回。

兩人來到四樓，選定房間後，田哥送佛送到西，陪著害怕的莉莉檢查她的屋子。

田哥領著莉莉在屋內四處晃晃，檢查到主臥室，他原本不好意思踏進去，只在門口瞟幾眼，莉莉指著衣櫃說：「能、能幫我一起檢查那裡嗎？」

田哥打開衣櫃，裡頭空無一物，甚至還附上幾個白色的晾衣架，田哥一派輕鬆地說：「這關卡還挺人性化的嘛，沒什麼難度……」

準備離開主臥室前，他最後打開了浴室。

接著便正面迎上浴室裡拿著刀的女鬼。

「啊啊啊！」田哥慘絕人寰的叫聲響徹公寓，轉身想逃出門外，卻發現門把扭不開，不知何時被鎖上了！

就在這時，床旁邊的電話響了。

田哥怕響個不停驚擾冰棍，趕緊衝出浴室接起。

電話那端說道：「我是莊天然。」

田哥毫不猶豫，一秒掛掉。

莉莉驚惶地道：「誰、誰打來的？」

「假的電話！冰棍又在裝人了！」

電話又響了。

田哥和莉莉對看，電話不屈不撓地響著，田哥只好再次接起，小聲地說一句：「喂？」

「你不會想聽我唱歌。」對方無奈地說道。

田哥眼睛一亮，一來唱歌是他和莊天然共通的默契，二來他想起莊天然那張面無表情的臉，那個無趣又遲鈍的年輕小伙子怎麼看都像個音痴，所以是本人沒錯！

「小莊，你怎麼打來了？你怎麼知道號碼？」

「抽屜裡有樓層電話，另一間沒人接，你和她在一起？」

「是啊。」

「你們怎麼會在同一間？」

「呃……」他能說是耍帥不成嗎？

「情況緊急，出來再說，你們進臥室了嗎？」

「進了！廁所有冰棍啊！門被鎖了！」

「嗯，時間內要出來，否則會出事，你注意到床頭櫃上的電子鐘了嗎？那個是倒數，現在剩幾分？」

田哥抬頭一看，大驚失色，「四分鐘!?」

「看來所有人的時間都是一樣的。」

「怎麼可能這麼短的時間找到密碼！」

莉莉聽出事態嚴重，走到電話旁邊按下擴音鍵，田哥看了莉莉一眼，莉莉擺了個電話的手勢，表示自己也想聽對話內容。

莊天然的聲音從話筒裡傳出來：「嗯，所以我才打給你，我知道密碼了。」

「什麼?密碼是什麼?」田哥激動地站直身體。

「密碼有可能不同，但解法應該相同，密碼就在廁所那名女子的胸口。」

「你說什麼?」田哥懷疑自己聽錯。

電話那頭停頓了下，說：「就是她的胸口。」

「……小莊，現在不是在拍低俗的娛樂節目，不需要這種福利大眾的節目效果，你知道吧？」

「的確在那裡，我看過了。」

田哥冗長地沉默，最後忍不住爆出髒話：「靠！勇者，你眞的是勇者，老子眞沒見過你這種新人！你到底是怎麼發現的？冰棍的奶子你也敢看，眞男人！」

「其實我也是接到一通電話才知道的。」

「其他人告訴你的？他們怎麼可能……」

「不是他們，是不認識的聲音，總之時間不多了，出來再說。」

「好好好，最後一個問題……冰棍的奶子怎樣？長得跟一般女人一樣？」

「……剩三分鐘，快離開。」電話那端說完便掛了電話。

田哥這才意識到，莊天然也還沒離開，是扛著壓力給他打完電話才走。

跟一個隨時會衝出浴室的冰棍待在同一個房間的壓力不是蓋的，一般人在這種情況下，得知密碼後第一個念頭肯定是立刻逃出去，但小莊卻是想到打電話給他，撐到最後一刻才離開。

如此有情有義，實在不多見。

田哥感動之餘，同時也流下辛酸的淚水。

現在重點來了……誰敢去看冰棍的奶子？

時間剩下兩分鐘，不容拖延。

田哥來到浴室，莉莉躲在他身後，浴室裡的女子竟然緩緩扭過頭，眼球往上翻，變成詭異的白眼。

她動了！明顯越來越靈活，就快要解除限制，再過不久就會活動起來。

田哥知道指望莉莉是不可能的，只好硬著頭皮說：「我、我我我來，妳退後一點……」

邊說邊抖著腳慢慢往前走，一小步，兩小步，像是剛出生的小鹿。

時間剩下一分鐘，進入最後倒數，59秒……55秒……50秒……

田哥離女鬼僅剩一步距離，明明伸手就能碰上長裙，但他卻遲遲不敢伸手，別說掀衣服了，他連碰到女鬼都不敢。

這時，女鬼手裡的刀緩緩轉向他們。

「啊！」田哥爆出尖叫。

接著下一秒，一陣風從田哥身邊掃過，躲在他身後的莉莉突然衝向前，一把奪過女鬼手上的刀子，直接向上揮刀，剖開女鬼胸前的衣服！

衣衫大敞，裸露的胸口用鮮血寫著：「5790」。

看見密碼時，田哥還愣著沒反應過來，莉莉一把抓住他的手，一氣呵成地輸入密碼，跑出臥室，跑向大門。

這時，「嗶嗶、嗶嗶……」臥室傳來電子鐘響起的聲音。

一陣劇烈的碰撞聲和腳步聲迅速來到他們身後，田哥頭也不敢回，只是加快腳步跟著莉莉狂奔。

他們已經來到門前，莉莉把田哥扔出門外，自己回身甩上門。

「砰！」

門內傳來重物撞上門板的聲音，只差一毫米就會被追趕而上。

哪怕只慢零點一秒，他們現在已經成爲冰棍的囊中物。

跌坐在地上的田哥愣怔地仰頭看著莉莉，「妳……」

莉莉抬手把劉海往後撩，隨意地撥順長髮，總是寫滿驚懼或崇拜的眼睛，此時滿是冷靜和堅毅，彷彿這才是她眞正的面貌。

她注意到田哥愣然的目光，垂頭，朝他眨了眨右眼，輕聲說道：「噓。」

田哥心臟猛地一縮，抓著胸口，感覺心跳頻率不穩。

他覺得自己好像戀愛了。

田哥和莉莉順利逃脫後，因爲在意莊天然的情況，於是走上六樓。來到六樓才發現這裡竟然聚集許多人，剛才逃出的所有人都在這裡，莊天然也在其中。

田哥撓撓後腦勺，「怎麼都來了？」

莉莉低聲道：「大概想看好戲吧……畢竟是新人，最有可能逃不出來的就是他。」

田哥皺起眉，朝莊天然走去。

「小莊，還好吧？」

莊天然搖了搖頭，「有一個人沒出來。」

一問才知道，幾乎所有人都逃出來了，除了大壯。

這不是很困難的關卡，事實上只要搜索抽屜，就能得到一張畫著人體解剖的圖紙，胸口範圍被圈出特寫，暗示得十分明顯。

他們不知道大壯沒能離開的原因，但老手也不一定不會失手。

莊天然雖然表情沒有變化，但情緒明顯消沉，其他人卻若無其事地討論剛才的情況，分析新的冰棍及有無新的線索。

明明少了一個團員，他們卻連幾分鐘的哀悼也沒有，彷彿那個人不曾存在過。

莊天然不顧他們的討論，強行插入話題：「他就這樣走了，有人認識他的家人嗎？」

氣氛凝結一秒，葉子哥問：「你覺得我們很冷酷，是嗎？」

所有人的視線聚集到莊天然身上。

莊天然正打算開口，阿威拍了下他的背，力道過猛，讓他一口氣哽在喉嚨，止不住咳嗽。

「不是我們冷酷啊，都闖好幾關了，也該有點覺悟吧？而且與其把注意力放在已經往生的人，不是更應該留意還活著的人嗎？這裡這麼危險，一不小心就會死更多人耶！你也該調適心態，別再婆婆媽媽了。」

莊天然愣怔地看著他們。

不論遇到多少怪物、碰到多少危險，他都不曾像現在這樣打從心底發寒。

因爲阿威說這些話時，包括他本人在內，每個人表情都是帶著笑的，彷彿是一場愉快的閒話家常。

劉智擊掌，換來大家的注目，「好了，現在各自回房休息，順便搜一搜屋裡的線索，明天集中討論。」

「劉、劉哥，你說那個女冰棍，還在屋裡嗎？」

「問什麼廢話？關卡已經結束了，應該已經清場……」

這時，隔壁住戶突然傳來開鎖聲，理應無人的右邊空屋，竟然開了門——

眾人詫愕地回頭，看著一名挺拔精瘦的青年從屋子裡走出來。

青年面容極俊，一時讓在場所有人移不開目光，接著他抬手看向腕上的錶，眾人才留意到他身穿一襲白襯衫，袖口挽到肘邊，露出一截白皙的手臂和錶帶。

青年確認了時間，眉目溫和，就連聲音也溫柔得令人如沐春風：「抱歉，來遲了。」

05 封蕭生

突如其來出現的人，讓所有玩家一時之間不知該做何反應。

更別提，還是從已經結束的關卡裡走出來，無視規則的玩家，以前從未發生這種事。

「你、你是怎麼出來的⁉」

「關卡明明已經結束了，怎麼可能還逃出來！」

「這、這到底是……」

莊天然彷彿沒聽見周圍的驚呼，肅然直視著眼前的青年，而其他人不知何時通通退到了牆角，站在他身後。

田哥忐忑地看著莊天然，心想：不愧是小莊，膽子眞大，表情連變都不變！

事實上，莊天然是因爲眼前發生的事訊息量太大，一時不知該怎麼反應。

這個人……不就是他一開始看見的怪物大佬？原來他是玩家？但……爲什麼會從黑霧那一邊出現？現在又從已經結束的關卡走出來……他眞的是玩家？還是裝成玩家的怪物？

美青從背後把莊天然往前推，「喂，你不是條子嗎？快盤問他到底是怎麼回事，怎麼這麼晚才出現！」

莊天然沉默。對方已經聽見了吧？

英俊的青年不以為意，態度親切有禮，朝莊天然伸出右手，「你好。」

莊天然抬眸，果斷地伸手回握，「你好，我是莊天然。」

握上的那瞬間，感受到掌心溫暖、乾燥，而且柔軟。

他曾經多次觸碰到冰棍，甚至被攻擊過，冰棍的四肢又冷又硬，絕對不是這樣的觸感，眼前的這位，是個人。

青年朝莊天然莞爾一笑，彷彿讀透他的想法，握著他的手，輕聲道：「封蕭生。」

莊天然聽見耳邊「咚！」一聲，彷彿有誰敲了大鐘，讓他一時耳鳴，鐘聲猶如警告，定住了他，讓他全身僵硬無法動彈，發不出任何一個字，腦中一片空白。

封蕭生恍然未覺異樣，鬆開了手。

待莊天然再次回神，封蕭生已經轉向別處，和其他人說話。

莉莉撲上封蕭生，極度熱情地說：「你好厲害哦！你是怎麼辦到的？為什麼關卡已經結束了還能待在裡面？以後可不可以也帶我玩呀，拜託嘛！」

田哥抽動嘴角，露出一種「我究竟看了什麼？」的表情。

封蕭生巧妙地避開莉莉的身體，保持紳士的距離，既沒碰到對方的胸脯，也沒讓她顏面掃地，微笑著回應：「也許因爲關卡還沒結束。」

……什麼意思？

全場靜默，就連莉莉也忘了要撒嬌。

他們看向敞開的住戶大門，沒有任何冰棍的鬼影，十分祥和寧靜，哪來的還沒結束？

封蕭生沒有解答，只是偏頭望向窗口，漆黑不祥的夜色透過布滿灰塵的窗戶瀰漫公寓，一身襯衫白得發亮，敞開的第二顆鈕釦隨著動作落下淺淺的褶痕，如畫般的側臉卻要比襯衫更引人注目，清冷又柔和，像是冬天的山峰飄落綿密的白雪，教人很難不將注意力聚集在他身上。

封蕭生斂眸，睫毛長得布下陰影，即使不笑也似勾著的唇角，忽然開口說起一個故事：「某天，有個人醒來，發現自己被關在漆黑的籠中。好不容易找出方法逃離籠子，卻看見外面一樣漆黑，四周傳來拖沓的爬行聲，他才發現，原來外面是更大的籠子，並且將他和不知名的怪物關在一起。很多天以後，他成功活了下來，爲什麼？」

「啊？對啊？爲什麼？」田哥聽得專注，下意識脫口而出。

「老頭，這是要自己去猜吧？」阿威沒好氣地罵，同時暗自拚命思考答案，彷彿最先想出來的人就能證明自己最聰慧。

「幹！什麼老頭？老子才三十歲！」

葉子哥道：「因爲他找到方法把怪物殺掉……不對，我幹嘛配合你的遊戲！你在刻意迴避問題？」

「回去上一個籠子，怪物進不來。」美青看著封蕭生，神情冷漠，毫不懷疑自己的答案。

封蕭生莞爾。

「所以，你沒事說故事做什麼？」美青質問。

封蕭生垂頭，指骨叩了叩手錶，還是笑而不語。

其他人看得心裡毛毛的，畢竟這人不知底細，更別提無視規則的作爲讓人不明覺厲。

劉智從頭到尾冷眼旁觀，表面看似無所謂，底下拳頭緊握。若是其他團員看見，肯定會相當驚訝，因爲劉智總是一副運籌帷幄、玩世不恭的樣子，極少失態，陰謀在他手裡簡直兒戲，他們有許多暗號和手段都是出自於他。

劉智想：這個人是想掌控全局，挑戰自己的權威？連隊友竟然都不知不覺被帶著走……他到底想做什麼？關卡還沒結束又是什麼意思？

此時劉智並沒有發現，從他開始思考這些問題的同時，他的思緒也已經被帶著走了。

唯一沒有被帶偏的人是莊天然，因爲他正在苦惱另一件事情——剛才的耳鳴是怎麼回事？怎麼會突然斷片？上次發生這種事還是慶功宴被灌醉的時候……

於是在眾人思緒迥異的情況下，現場維持了短暫的沉默。

直到劉智忽然一頓。

他很快發現封蕭生說的故事很熟悉。

「難道說……」這個故事，對比現在，不就是他們遇到的情況嗎？他們先是被困在房間，逃出來以後，仍然被困在公寓，所以，是指這棟公寓才是眞正的密室？而且冰棍正在外面等著他們！

這也合理解釋，爲什麼這個人超過時間還能離開房間，因爲關卡根本還沒結束！

劉智轉頭對團員說道：「快回房間！」

團員們大驚，葉子哥反應最快，一下子聯想到要回房間的原因，「原來是這樣……原來是這樣！」

阿威滿臉茫然，一頭霧水，但團長的指示他不敢不服，又見到葉子哥往樓下跑，只好趕緊跟上。

美青走前瞥了封蕭生一眼，轉身離開。

田哥站在原地，還在懵，「……現在是怎樣？誰能解釋一下？」

莉莉眨了眨漂亮的眼睛，語氣甜膩地說：「封哥是在暗示我們關卡還沒結束，繼續逗留會被冰棍抓走吧？所以才說快回房間呀！封哥怎麼會這麼善良又睿智！」

田哥懂了，但這嗓音怎麼聽怎麼耳朵發麻，心裡也不太痛快。他掏了掏耳朵，正想說：「妳這女人幹嘛這樣講話？」誰知抬頭對上莉莉笑意不明的眼神，頓時一句話也不敢說，灰溜溜地跟著走了。

很快，這層樓只剩下兩個人。

等莊天然終於推測出自己耳鳴的原因可能源自於「從進入這個世界以後都還沒有真正休息過，所以過勞了」的時候，四周的人都走光了。

莊天然愣了愣，運作較慢的腦袋又回放一遍剛才聽見的事，雖然反應遲鈍，但在分析事情上能說是機警縝密，他思索一陣後，想到一個沒人提出的疑問——所以，床頭櫃上的時間，不是倒數計時？

但當他抬頭想問時，走廊已經沒人了。

莊天然撓了撓後腦，只好也回到自家大門，轉動門把。

沒想到一轉，門竟然鎖住了。

他推了推，門絲毫不動，進不去。

他回頭，走廊空無一人，靜謐得有一絲詭異。

莊天然微微蹙眉，又試著轉了轉門把，接著忽然聽見身邊有一道「咯咯咯……」的聲音，像是笑聲哽在喉嚨發不出的音節。

他又再次回頭，還是沒有人影，但這次明顯能感受到有「人」在身邊，而且很近，還不斷發出古怪的聲音。

莊天然頭皮發麻，默默地抬頭看向天花板——天花板上只有蜘蛛網和剝落的水泥，沒有人。

他不知是否該鬆一口氣，因爲依然沒有找出「人」在哪裡。

他想起小時候玩過的「一二三木頭人」，每次回頭時，身後的人都一切正常，但當背對時，身後的人就會不斷朝自己靠近。

莊天然感到芒刺在背，握緊了門把，正巧看見門上有貓眼，什麼也沒想，瞇起眼睛湊近貓眼一看。

只有一片白。

莊天然沉默，覺得自己真傻，貓眼只能從裡頭看到外面，哪有從外面看到裡頭的？

正想收回視線，突然發現貓眼裡緩緩由下往上冒出一顆黑色的圓球，圓球轉了兩圈，莊天然忽然發現眼前的東西是活的，黑色的圓球是瞳孔，一片白的部分其實是眼白。

原來他要找的「人」，在正前方。

這不是貓眼，而是一個小洞。

他的家裡有「人」，而且裡頭的「人」，一直透過這個洞在看他。

「咯咯咯……」陰沉的笑聲從洞裡傳來，接著愣住的莊天然感覺到手中門把徐徐轉動，裡面的「人」打開了門，準備伸出蒼白骨瘦的手抓住他——

這時，另一隻手從莊天然背後伸過來，輕柔地覆上他握著門把的手，強行把門關回去。

「你走錯了，這是別人家。」溫潤好聽的嗓音落在莊天然耳邊，對方甚至有禮地對洞裡說了一句：「抱歉，打擾了。」

封蕭生牽著莊天然的手，一路走向隔壁住家。

莊天然還處在震驚中，儘管面上不顯，「剛才是怎麼回事？」

封蕭生：「你進去晚了，有人先佔了屋主名額。」

莊天然腦中冒出鳩佔鵲巢的成語，沒想到這個關卡連進屋子都不能大意……等等，進屋，規定！

眼前封蕭生正打開自家大門，莊天然掙開手，「我不能進去，『屋主一名，不得帶外人。』這是規定。」

封蕭生笑，「一個屋主，一個房客，誰是外人？」

……這種事可以自己說了算嗎？

雖然莊天然面無表情，封蕭生卻彷彿能聽見他的無語，耐心道：「『大樓公約』規範的對象是誰呢？」

「住戶。」

「住戶是外人嗎？」

「不……」說到這裡，莊天然一頓，恍然大悟。這是很簡單的道理，一般公寓也會禁止外人進入，那些外人泛指住戶以外的人，那麼既然玩家都是住戶，自然不會是公約裡所指的「外人」，「外人」另有其人。

「那每戶一名屋主怎麼解釋？」

「一家四口也是只有一名屋主。」

莊天然沒了疑問，跟著封蕭生進入屋內。

大門關上。

封蕭生忽然回頭，臉上依舊是溫文有禮的微笑，「然然，像你這樣隨便跟一個陌生人進房，是很危險的。」

莊天然瞬間腦袋卡殼，「……」剛剛說進來沒問題的是誰？不是你邀我的嗎？

「重點不是規則，而是人。」封蕭生反身，撲向莊天然，莊天然反應極快，立刻右手出拳，左手下意識摸向腰際想掏槍，卻雙雙撲了空。

他揮出的右手被封蕭生抓住，牢牢抵在牆上，力道之強勁，讓他感到整隻手臂血液逆流，手掌發麻。而往後掏的左手同樣沒摸到東西，莊天然這才想起身上沒有槍，但……他明明應該有一把瑞士刀，去哪了？

更糟的是，封蕭生不知道哪來的繩子，將他的雙手捆起，向上吊著。莊天然猛地抬頭，才發現天花板上垂著一條領帶，緊緊縛住他的雙手。

到底是什麼時候準備好的？

「只因我說沒有違規，你就跟著我走進來，你太乖了，才會認爲照著規矩走就沒事，但『人』不是這樣的，不然怎麼會有人違法呢？」

在封蕭生說話的過程中，莊天然不停試圖掙脫領帶，但由於姿勢的關係，掙扎只會讓綁纏得更緊，不論如何都徒勞無功。

沉寂的室內只剩下莊天然掙扎的喘息，以及封蕭生的溫聲細語。

「別忘了，這是一條出過人命的案子，凶手就在所有人之中。」

莊天然瞳孔震顫，倒不是爲了封蕭生說的「凶手」一事，這個規則他已經知曉，只是他發現，自己自始至終都沒思考過這個案子的凶手是誰，更沒眞正體認過，接觸的玩家之中，有一個人是殺人犯。

「光靠身手是不行的，因爲你永遠不知道下一個對手的實力。」

封蕭生把玩著手上的小刀，雖然說是在玩，臉上沒有半點輕浮和漫不經心，像在撥弄一個無關痛癢的小玩具。

莊天然圓瞳一縮，那是他從自我流手裡「沒收」的瑞士刀！什麼時候跑到這個人手上？難道是從一開始在門前救他的時候……

「下過五子棋嗎？」封蕭生突然問。

莊天然定眼看著他，緩緩點了頭。

「五子棋，並不是看對手下在哪裡，跟著走棋。而是每下一步棋，都要先預測後面五步棋，再引導對手下在哪裡。」

莊天然看著封蕭生垂頭，如瓷般白皙的臉一步步朝自己靠近，無形的壓制彷彿讓空氣變得稀薄，呼吸也變得艱難，吐息分明。

但莊天然眸底沒有懼色，只有越發冷靜。

屋內沒有開燈，薄弱的淡白色光源透過客廳的落地窗映照入室，將兩人位在玄關的影子刻在牆上，緊密地融合在一起。

「不動聲色掌握主導權，才能得到勝利。」

封蕭生輕聲落下，莊天然趁著此刻不能更接近的距離，抬腳用膝蓋攻擊對方下盤！沒想到，封蕭生抬手一揮，割斷了領帶！

莊天然正好抬腳，於是失去重心，沒站穩差點跌坐在地，被封蕭生摟住後腰。

封蕭生朝他笑了笑，渾身壓迫感盡散，變回紳士的模樣，「別摔了，摔了我心疼。」說完便鬆手，旋身走進客廳。

莊天然默了。

不行，他想不通這個人。

雖然……可以確定的是，這個人對自己沒有惡意。

如果他真希望自己死，根本不用特地救自己，放著不管也完了，用不著他出手。真要說來，這個人的行爲，更像是——在帶領自己。

莊天然望著封蕭生的背影，面向大片落地窗，窗外是無邊無際的黑夜，不見星星，封蕭生的肩上泛著淡淡暈開的光芒，宛如落在地上的星辰。

這種感覺……似曾相識。

「進來吧，那裡是次臥，你可以睡在那裡。」封蕭生指向左前方的房門。

莊天然聞言點頭，走進客廳，先是看見桌上有幾塊吃一半的牛奶巧克力磚，再來是幾瓶飲料，不禁微微一頓。

這裡不是鬼宅嗎？怎麼這麼有生活氣息？

莊天然一面困惑，一面走向次臥，才剛打開房門，滿腦子的思維戛然而止。

床上滿是堆積如山的衣物，例如白襯衫、酒紅色領帶、藍色運動外套、黑色皮衣、軍綠色風衣、刷白牛仔褲、灰色連帽衫等等，各種款式應有盡有，不知道的還以爲是成衣批發廠。

「抱歉，被我的東西塞滿了。」封蕭生彷彿現在才想起，語帶歉意。

莊天然不知該震驚「這些衣服是哪來的？」，還是該驚訝「爲什麼這個房間可以如此凌亂」，又或者該問「我能睡哪裡」……

所幸，後來想起主臥室是一張雙人床，解決了莊天然今晚住宿的困擾。

莊天然進入主臥室，視線掠過一遍環境，果然每個樓層的擺設都一模一樣，當他注意到床頭櫃上的鐘，忽然想起那個還沒提出的疑問：「所以床頭櫃上的時間，不是倒數計時？」

封蕭生點頭，「是倒數計時。」

莊天然又困惑了。可是，他明明記得當時被困在臥室，鐘上顯示八分鐘，應該已經倒數完了，爲什麼封蕭生會說關卡還沒結束？

「難道這個倒數計時，不是代表關卡結束？」

「是代表關卡結束。」

「……」

封蕭生說：「嗯，說沒結束是假的。」

等等，什麼？

「爲什麼……」

「因爲五子棋。」

語焉不詳的一句話，莊天然卻莫名聽懂了話裡的意思——他在引導其他人走下一步。

他之所以說那個故事，目的就是爲了讓人猜出答案，進而聯想到回房間。

如果直接說出「所有人必須回房間」，反而會讓那些人起疑心，或者不甘被指揮，但如果是「自己想出來的答案」，便會下意識認爲是正確的。

莊天然不得不想，這個人的手段，比他預想的還要高竿。

問題是，爲什麼要所有人回房間？

莊天然抬頭正要提問，便看見封蕭生手裡掛著一疊衣物，準備進浴室。

莊天然猛地一頓。不是他想的那樣吧……

「你要洗澡？」

封蕭生眨了眨眼睛，理所當然地點頭，「這個時間點，不是該洗澡睡覺了嗎？」

「幾分鐘前，你的浴室裡還有鬼……冰棍，你確定要關門洗澡？」

封蕭生偏頭，「如果一條路曾經出車禍有人往生，你會再也不走那條路嗎？」

「不會。」

「嗯，所以要洗澡。」

莊天然腦筋有些轉不過來，但看見封蕭生執著的眼神，莫名從這副英俊脫俗的外表中看出一絲孩子般的嬌氣，突然說不出任何反對的話。

「你……門不要鎖，有事喊我。」莊天然無奈。

雖然這個人對遊戲十分得心應手，或許不需要他的幫忙，但他不敢想像如果冰棍出現，和冰棍裸裎相對……該怎麼逃。

封蕭生進了浴室，一陣細微的衣服摩擦聲後，傳來潺潺水聲。

莊天然無語之餘，不由得對這個人又更佩服一層。

這時，床頭櫃旁的電話忽然響了。

莊天然看了眼浴室，接起電話。

「小、小莊！你那邊沒出事嗎？」田哥的聲音異常驚慌。

莊天然怔住，「怎麼了？」

「我出不去了！我出不去房間！一直在鬼打牆！見鬼了……」田哥說得很急，喘得像是跑了八百米，甚至忘了不能說禁語。

「你別急，說清楚。」

「我……剛想去客廳倒水，結果一開門，外面又、又是一模一樣的房間！老子以爲眼花了，回頭看，人還在房間，裡外都是房間，我他媽怎麼走都走不出去！小莊，你那邊還正常嗎？你、你能來四樓一趟嗎？」

莊天然神色一凜，倏地起身，正要掛斷電話的那一刻，忽然愣了下，再次抬起話筒：

「你怎麼會打這支電話？這不是我的房間，你怎麼知道我在這裡？」

電話那端的人，真的是田哥？

「你在說什麼啊？」田哥語氣如常，傳來翻閱紙張的聲音，「我打的是你房間的電話啊，你住右邊那間，六樓之一號不是嗎？我看電話簿上面寫號碼是601啊。」

莊天然皺眉。不是，他現在在六樓之二號，號碼應該是602，如果田哥沒說謊，這到底是怎麼回事？

莊天然簡略說了自己現在不在六樓之一號，連同原因也一併說明。

「什麼？你說你家裡有冰棍!?等等！我去看看莉莉！」

「等……」莊天然來不及阻止，便聽見話筒被扔到地上的巨響，接著沒幾秒，又傳來「砰」一聲重重的關門聲，沒走多遠的腳步又再次回頭狂奔。

「小、小莊！我的房間，外面、外面！」田哥氣喘如牛。

莊天然揉了揉太陽穴，「對，你不是說出不去，外面又是一樣的房……」

「不是，外面、死人了！」

什麼？莊天然坐直了身體。

「外面還是一樣的房間，但是多、多了一個死人！」

「能確定？」莊天然邊問邊從床頭櫃上抄起紙筆，「現場是什麼狀態？確認沒有呼吸了嗎？」

「連頭都沒了，怎麼可能還呼吸啊！又不是冰棍……等等，該不會是無頭冰棍吧？媽呀……」

無頭屍？

「所以無法辨認死者身分？是玩家還是冰棍，應該能從衣物辨認。」

「衣服啊？我剛倒是沒注意，好吧，你等我，我再去看一眼，不然放在外面也挺可怕的，要是詐屍我可沒處躲，小莊，你還是來四樓看看吧……」

「嗯，你確認一下，我準備東西過去。」

莊天然一面說一面拉開抽屜，翻看有沒有塑膠手套或者夾鏈袋之類的工具能用。

田哥又道：「啊，對了！這麼說來，你跟那個姓封的年輕人一間是吧？那位一看就很懂玩，你快問問他這到底是什麼情況啊！」

莊天然看了一眼浴室，稀里嘩啦的水聲未停，「……在洗澡。」

「啊？」田哥懷疑自己聽錯。

「他在洗澡。」

「你是說，那個有女冰棍的浴室？」

「嗯。」

「……難怪有人說大佬跟瘋子只有一線之隔。」

「去檢查現場吧，電話別掛。」

莊天然心想，房間有古怪，號碼也很混亂，說不定掛斷就無法再打進來。

「喔喔、好，我去看看啊！等我！」電話那端腳步聲漸遠。

就在這時，莊天然聽見面前的房門口有動靜。

「喀噠。」

房門被人打開了。

莊天然握緊小刀，看見門外的人，頓時一怔。

田哥站在門外，與莊天然面面相覷。

田哥張大嘴，下巴張得都要脫臼了，「這到底……他媽是怎麼回事啊？」

06 無限房間

「為什麼老子開個門會連到你的房間？一下子重複房間，一下子又多了死人，一下子又連到你房間，老子的腦袋要炸了。」

莊天然垂頭深思。

田哥碎碎唸道：「老天爺啊，老子上次這麼用腦還是國中期末考……」

「大考呢？」

「我沒用腦。」

莊天然思索一陣，問道：「你說你第一次開門，看到的是一樣的房間，也是主臥室？」

「是啊！」

「你有走出去過嗎？」

「沒有，我哪敢，鬼……恐怖片都這樣演啊，誰知道會不會有冰棍衝出來？老子可不會找死。」

「接著，第二次開門，外面多了一個死者。」

「是啊！」

「你注意過第二次開門，外面房間的細節擺設，例如檯燈的位置，是否和第一次開門看見的一樣嗎？」

田哥被問得愣了愣，搖頭，「嚇都嚇死了，哪有心力玩大家來找碴？」

「最後，第三次開門，就是我的房間，是嗎？」

田哥點頭。

莊天然琢磨了會，抬頭道：「我有個懷疑，是不是所有的主臥室都連在一起了？」

「啊？什麼意思？」

「就是我們所有人的主臥室，現在是串連在一起的，每次開門就會隨機看見一間主臥室，因爲這棟公寓的格局都一樣，你以爲門外是相同的房間，其實是其他樓層的房間。不過，照目前只有你進來我這裡，有可能只有你的房間發生這種情況。」

田哥一個頭兩個大，「不是啊，如果主臥室都相通了，那我第一次跟第二次開門怎麼沒遇到其他玩家？而且第二次遇到的死人是怎麼回事？」

「這棟樓有一間是空房，而且不是每個人都會待在主臥室，機率上來說的確有可能遇到沒人的房間；至於你看見的死者……如果這個推斷正確，代表其中一個玩家遇害了。」

田哥頓時臉色慘白，雙腿虛軟。他看見的屍體，死狀相當淒慘，被人活生生砍頭，滿牆滿地都是血，如潑漆般四處噴濺的血跡。

「這個……這個關卡太他媽奇怪了……整個遊戲都太奇怪了！爲什麼會這麼難？以前明明不是這樣，通常要找到越多線索，才會變得越難……」

莊天然沉默不語，正在思考有沒有方法能找出出事的樓層，不可能放置不管，活要見人，死要見屍。如果一層層找，遇上冰棍的機率太大，或許可以用打電話的方式確認存活人數……

田哥猛地抓住莊天然的手腕，將他從思緒中扯出來，「你沒發現嗎？我們根本還搞不清楚這個關卡要解開什麼案子，已經死了三個人！不該這樣，完全不對……」

田哥抖得非比尋常，像是發現一件極爲恐怖的眞相，「必須要解開案子才能離開，但該不會……這個關卡，根本就沒有案子？打從一開始，『它』就不打算讓我們離開……」

莊天然抽開被擰疼的手，用力按住田哥的肩膀，平靜的語氣帶著鎮定人心的力量：「先別下定論，你說的案子，通常怎麼出現？」

「案子……通常一進遊戲就會開始『表演』，有時候是看見屍體，有時候是重演一遍案發過程。像上個關卡我就是出現在一棟別墅裡，看見冰棍捅了牆上的畫一刀，畫流出鮮血……然後關卡就開始了。」

莊天然斂眸。按照這個邏輯推斷——「這次關卡的案子是不是綁架？最初我們被送貨員敲昏擄走，醒來就被關在箱子裡，難道不是暗示這是一起綁架案？」

「你在說什麼啊？」田哥面露驚訝。

「猜錯了嗎？」莊天然是第一次進入這個世界，並不清楚以往關卡是如何進行。

「不是……什麼敲昏？綁架？我沒遇到啊，我一醒來就站在公寓外面路邊！莉莉說她也是，其他人應該也是吧。」

莊天然微微一愣，「難道只有我遇到這個線索？」

「不可能！跟案子有關的線索，肯定大家都會遇到的！這個遊戲很講求公平競爭，基本上不會偏袒任何一方，你詳細跟我說說到底發生什麼事？」

莊天然大略說了當時的情況——他在家中被敲昏後，醒來人已經在這個世界，受困在箱子裡，被送貨員拖進房間，之後打開箱子，被送貨員追殺，直到鐘聲響起。

田哥越聽臉色越鐵青，「等等等，你說你被困在箱子裡？一打開就看見冰棍？我說了，這遊戲有一定的公平性，照理說你是新手，『它』不可能讓你一進場就死亡，甚至還會提供給每個人新手福利，像我第一關遇到的是線索會發光的機制，所以那時候我連冰棍都沒碰到就找到關鍵證物，離開第一關……但你進來遇到的那個關卡，根本是個死局！」

死局……？

「你被困在那麼小的箱子，外面還是天殺的送貨員，唯一能保命的是『鐘聲』，但控制台在地下室，不可能給你操控，你有沒有想過，如果不是『剛好』有鐘聲，你根本不可能破關？」

田哥瞠大眼，雙眼布滿惶恐。

「你遇到的這個不是案子的線索，它就是要你死啊！」

莊天然被說得一愣一愣，內心萬分震撼。

他沒想到這個世界背後還有這些規則，他以爲這就是個死亡率極高的世界，但仔細想想，若這個世界的初衷是爲了給家屬和凶手一個重來的機會，沒道理進場就讓玩家死亡，每折損一個玩家都會破壞關卡平衡，甚至如果先誤殺了家屬或凶手，一切便會變得毫無意義。

一番對話後，莊天然和田哥各自沉默。

莊天然思考著原因。他被針對了嗎？還是單純新手運不好？爲什麼會出現死局？

「你怎麼還能這麼鎮定啊？你不怕嗎？說不定遊戲突然發瘋了想搞死我們……」田哥偷看著莊天然的臉色，雖然這個年輕人本來就長得一張沒表情的臉，但言行舉止是騙不了人的，此時莊天然不慌不忙，整個人透露出沉靜的氛圍。

田哥扯了扯袖子，總覺得在他面前自己顯得相當心浮氣躁。

莊天然說：「田哥，你告訴我的這些規則，確實是眞的嗎？」

田哥拚命點頭，「當然是眞的啊！保證童叟無欺！我一開始吼，的確是耍了一些小手段，但我也是跟你一起找線索啊，沒唬完你就跑，自從你上次救了我吼，你就是我兄弟……」

莊天然制止他的滔滔不絕，「沒事，我不是不信你，只是我想，這個世界沒有說明書，既然老手都知道這些規則，代表這些規則是玩家經過許多關卡，從這個世界運行的邏輯中推算出來的常態，是嗎？」

田哥點頭，「是啊，不知道是誰傳下來的，從我進來就一直是這樣了。」

「有人知道這個世界是從什麼時候出現的嗎？」

「不知道，聽說很早以前就有了，最開始有點像都市傳說那樣吧。」

「嗯，目前不清楚這裡總共運行過幾關，但你說一輪是十個關卡，那麼至少得經過三輪以上，也就是三十關，才能讓玩家確定一輪有幾關等等規則。不過如果這些規則已經到老手玩家眾所皆知的程度，我推測至少也有五輪，甚至十輪以上，也就是五十幾到一百多關。」

「喔……所以呢？」田哥聽得霧煞煞，聽了老半天還是不明白莊天然想表達的意思，甚至都忘了剛才的惶恐。話說他們最開始是在講什麼來著……

莊天然微瞇起眼，從田哥的角度看不出來，但莊天然覺得自己是笑了的，「所以，既然近百個關卡都按照你們所說的規則運行，沒道理突然改變，比起這個世界瘋了，我更相信是因爲我們還沒找到原因。」

田哥張了張嘴，又閉上，搖頭苦笑，「你眞是……看得很開啊。」

莊天然拍了拍田哥的臂膀，「如果只有我一個人，我也許會慌，但現在有你和其他玩家，慌張無濟於事，再怎麼樣也得想辦法讓我們出去。」

田哥被感動了一把，「小莊……」

莊天然微微瞇眼。

「既然你都這麼說了，其實我從剛才就一直想問啦，我今晚可以睡你這裡嗎？」

「……田哥，能問你玩多久了嗎？」老實說，田哥雖然懂得多，顯然不是第一次玩，但從他遇到事件的反應，實在不像經驗豐富的老手。

田哥眼珠子亂瞟，似乎在想矇混過去的方式，但見莊天然面無表情，他發現自己繼續打腫臉充胖子，這個一板一眼的年輕人肯定會果斷拆穿，甚至拒絕自己入住，經歷一番內心交戰，田哥低聲道：「那個，咳、三關……」

「所以這是第四關？」全部有十關，這不是才不到三分之一嗎？

「咳咳、這是第三關。」

「……」

田哥瞥了下莊天然的臉色，平靜無波的瞳孔映出窘迫的自己，莫名有種被看透的錯覺，「老、老子在遊戲裡面是菜，但我田哥不是喊假的！在外面人稱北部賭神……啊，算了、算了，好漢不提當年勇……所以我可以在這裡睡嗎？」

「……嗯。」

田哥喜不自禁，原地蹦起，正要奔回房間拿自己的枕頭，被莊天然拉住，「等等，回去別關門，如果剛才的推測屬實，現在所有主臥室是相通的，關門後有可能會隨機更換房間，不一定回得來。」

「喔，對吼！你沒說老子都忘了，好里加在沒關門……不過也沒差吧？大不了一直開門、關門不就行了？」田哥邊說邊做出開關門的動作。

「總共十個房間，每次開門都是十分之一的機率，不會因爲多開幾次機率就變高，而且，如果其中一間已經有人遇害，無法保證開門會不會遇到冰棍。」

田哥聽得毛骨悚然，想搬過來的念頭無比強烈，「好！你等我啊！」

莊天然站在門邊等著。

田哥急匆匆地轉頭回自己的房間，跨過開著的房門，直奔向床鋪。

「喀噠。」

莊天然身旁的浴室門開了，水聲不知何時已停下。

封蕭生從裡頭走出來，見房門開著，手掌反扣，自然地把門帶上。

莊天然在房門關閉的前一秒和田哥對到眼，田哥臉上滿是錯愕，宛如天人永隔般絕望。

封蕭生彷彿現在才注意到有人站在門前，偏頭看向莊天然，莞爾道：「怎麼了？發生什麼事了嗎？」

莊天然：「……」

莊天然大致和封蕭生說了一遍剛才的情況，以及自己的推測。

封蕭生只是聽著，一面揉拭濡濕的頭髮，水珠落在秀氣的鼻尖，微勾的嘴唇透出瑩潤的粉色，舒適的棉質短袖貼合微微鼓起的手臂和胸膛，隨著呼吸和動作起伏，隱約展露之前藏在襯衫底下的好身材。

自認沒什麼美感的莊天然都不得不承認，這人是眞的非比尋常地好看，不過比起樣貌，他更在意的是對方的能力。

這個人太深藏不露，莊天然目前對他還了解不深，雖然看來有實力，但想到他之前也以爲田哥是老手，結果僅是話術而已，不能再犯相同錯誤。

封蕭生安靜一陣，直到莊天然也沉默一會，才開口：「你說的都對。」

莊天然頓住。

就這樣？

莊天然直接發問：「你沒有其他看法？」

「其他看法？」封蕭生偏頭，像是發自內心的困惑：「眞乖，你好棒？」

莊天然再次無語，封蕭生卻沒有再多言。

莊天然想起自己還沒印證房間的規律，得要判斷是只有田哥的臥室有異狀，還是整棟樓的臥室都已經出現變化，但萬一是整棟樓的房間都有問題，那麼開門就有一定的風險。

莊天然回頭看封蕭生，見他洗完澡後走向床鋪，絲毫沒有身處在死亡邊緣的緊張感，宛若住在渡假酒店般悠閒，不由得心中嘆了口氣。

「那個，我須要開門確認剛才說的事。」莊天然提醒道。

封蕭生眨了眨眼睛，擺了一個「請」的手勢，接著掀開棉被準備入睡。

……你真的不躲一下嗎？

莊天然無奈地開門，想著：還好是我站在前面，眞發生什麼事還能擋一下……

接著撲面而來便是濃郁刺鼻的血腥味。

眼前的房間全是大量血跡，不只地上布滿血腳印，甚至就連牆面和天花板都有噴濺的痕跡，令人怵目驚心。

地板僅有一處是空白的，像是一個人形的印子，彷彿曾經有什麼人倒在那裡，但這個人形印子有脖子卻沒有頭顱。

無頭屍……難道，這就是田哥看到的房間？

屍體去哪了？

莊天然沒有輕易踏入血跡斑斑的房間，忍著氣味，眼神掃視四周。首先注意到屍體原先的所在位置有一道黑紅色的血痕，明顯是被人拖拉過的痕跡，直到斷在落地窗邊。

莊天然微微蹙眉，看起來「凶手」似乎是從窗戶逃跑，但如果「凶手」是冰棍，爲什麼要逃跑？

他突然發現一件自己從未想過的事——凶手也有可能是玩家。

雖然田哥說過玩家不能自相殘殺，但他並不清楚確切的規則，也沒見過互殺現場，如果規則可以破壞，或者有其他手段？目前不得而知。

莊天然發現空白處有一抹微弱的反光，剛才被大量血跡引走注意，沒留意地板上掉落著一枚物品。

他定睛一看，發現是一顆金牙。

這顆金牙十分眼熟，莊天然被他掐著脖子威脅的時候，曾經不只一次見過。

莊天然瞳孔微縮。

是大壯。

這裡是大壯的房間？

這麼說，一切線索就說得通了，現在整棟樓的主臥室確實是相通的。

莊天然難以想像以現場這般血跡，死者遭遇的是怎樣的慘狀，他揉按太陽穴，走向那顆金牙——

「別出去比較好。」

一道聲音忽然從背後傳來。

莊天然回頭，封蕭生側臥在床上，一手撐著腦袋看著他，淺棕色的瞳仁在昏暗的房內瑩瑩發亮。

「你注意到腳印了嗎？」

腳印？

莊天然低頭看向對面房間，地上布滿無數腳印，乍看之下雜亂無章，但仔細觀察，這些混亂的腳印竟然是向著門口走來。

這不合理，拖曳的痕跡消失在窗戶，血腳印卻是往門口走過來。

而且……腳印的位置也有古怪，明明前面都是直線，靠近門口的時候卻忽然偏向左邊，消失在門板後方。

察覺到這點，莊天然頓起雞皮疙瘩。難道說，「凶手」現在躲在門後？是冰棍還是人？

莊天然望向眼前慘不忍睹的場景，握著門把的手倏地收緊。

他屏氣凝神，眼裡有一絲堅決，先是把門慢慢關上……接著奮力推開門板！

門後果眞撞到一具軀體，強勁的力道使得門板猛然回彈，被夾中的那人發出憤怒、野獸般的尖銳嘶叫。

下一秒，莊天然立刻關上門，尖叫聲戛然而止，門後趨於平靜。

確定了……凶手是冰棍。

確認不是玩家，讓莊天然隱約鬆了口氣，慶幸這裡還不算眞的泯滅人性。

莊天然滿頭是汗，心想自己還眞是搏命，不過除此之外想不到更好的辦法了。

身後驀然傳來開懷大笑，「還有這種方法！」

莊天然是第一次聽見舉止優雅的青年發出如此爽朗的笑聲，這時他忽然意識到，這個人的年紀其實和自己相差無幾。

封蕭生不知何時站到莊天然身後，笑得雙眼瞇起，眞心實意的笑容彷彿敲開原石後裸露的鑽石，純淨無瑕，光芒燦爛，稀少而珍貴。

「你眞可愛。」封蕭生語氣蘊含笑意，彷彿嘴裡含糖，「不過別玩了，該睡了。」

……他這像是在玩嗎？

莊天然說：「得確認有沒有其他人出事。」

「快十一點了。」封蕭生意義不明地笑道。

莊天然不解，「不是已經十一點了？」

封蕭生笑而不語，忽然一手按住門，另一手握著把手，把莊天然困在手臂之間。

剛才還笑得輕鬆的青年，不知爲何一靠近便讓人感到壓迫，儘管臉上的笑容仍如沐春風，卻彷彿一隻無形的大掌從頭頂向下壓制，溫柔而緩慢地，將人按進土裡，「我睡不飽就會不開心，我不開心，就麻煩了。」

莊天然見過許多威脅，即使被槍指著腦袋，也不會有一絲動搖，「怎樣麻煩？」

封蕭生側頭湊到莊天然耳邊，額前的髮絲掃過他的臉頰，如同枕邊絮語：「就麻煩你哄我了。」

莊天然一怔，封蕭生鬆開手，又變回人畜無害的模樣，無辜地眨著眼睛。

莊天然注意到他腕上的錶，細緻的錶帶配上秀氣的玫瑰金，戴在他柔若無骨的手上卻不顯違和。

錶面的指針指向十點三十五，莊天然突然想起一件事。

十一點，是不是門禁時間？

莊天然環顧房間，床頭櫃上的倒數器停留在「00：00」，除此之外房內沒有任何時鐘，在其他地方也不曾見過，很可能這棟樓沒有能判斷時間的物品。

如果不是剛好有玩家戴錶，要怎麼知道十一點？

難道眞像田哥所說，這是一個死局？

更別提，不知道是否因爲調過鐘聲的關係，這裡的時間相當混亂。

最開始送貨員異變的時候，應該已經臨近十一點，但當他們進入房間，卻遇到了準備清潔的女冰棍。大樓公約提過：「清潔時間是早上九點」，代表他們進入房間後，時間又變成早上九點。

或許，這裡的時間無法用常理推斷，只有擁有鐘錶的人能知道時間——

莊天然看向封蕭生，此時封蕭生已經回到床上，安然入睡。

莊天然開口道：「這是你把所有人趕回房間的原因嗎？」

回應他的只有若有似無的呼吸，平穩而安逸。

深夜。

莊天然睡得不太安穩，感覺到身旁有動靜，很快從睡夢中清醒。

房間很暗，門窗緊閉，外頭暗沉沉，縫隙間透出一絲薄弱的光。

室內寂靜無聲，隱隱約約間傳來窸窸窣窣的動靜，不久後便感覺身後的床墊凹陷。莊天然想著是不是身旁的人夜起，正想回頭，突然聽見一道聲音——

「別看。」

莊天然震了下，瞬間不敢動。

「不是我。」封蕭生說。

莊天然一頓，床上有動靜，不是他的話，是誰？

封蕭生說道：「睡吧。」

莊天然肩膀僵硬，心中充滿無數疑惑，不知是否是錯覺，總覺得身後有股視線，背後漸漸泛起涼意，如同芒刺在背。

這種情況怎麼可能睡得著？

「不用逃嗎？」莊天然不清楚背後的狀況，但他能感覺身後床板凹陷，如果不是隊友，那該不會是……

封蕭生懶洋洋地打了個哈欠，宛若夢中囈語般低喃：「逃了還是會跟著。」

莊天然默了。

四周安靜一會，度秒如年，莊天然做不到明知背後有「人」還大膽地閉著眼睛，他不打算被動地把生死交付到他人手裡，即使要死，也要死得清醒。

於是莊天然翻過身，冰涼的寒意撲面而來，只見一隻踮著腳尖的蒼白的腿站在床中間，近在眼前，激起寒毛直豎。

莊天然忍不住倒抽一口氣，下一秒，面前倏然出現一張倒立的臉，眼眶漆黑，乍看如同鏤空的骷髏，仔細看才知道有眼珠，只是瞳孔放大填滿了整顆眼球。

女人以不符合人體工學的姿勢折下腰，逼近他的臉，像是在探尋他的呼吸。

莊天然張著嘴，還沒發出任何聲音，便看到女人的臉被一掌推偏，一隻手伸過來，摀住他的口鼻。

「別喘氣。」封蕭生低聲道。

莊天然震驚地抬眼，這才注意到封蕭生一直面向著自己，半個身子越過床的中線，幾乎貼在女鬼的腳踝。

「不害怕，看著我。」封蕭生彎了彎眸。

莊天然沉默。

他現在有些分不清是女鬼比較可怕還是隊友。

不知過了多久，或許幾分鐘，或許只有幾秒，女鬼終於拉回身體，僵直地站在中央。

封蕭生抽回手，棉被掩住半張臉，「剛才我打哈欠，她也是這樣的。」

莊天然這才明白爲什麼封蕭生叫他別喘氣，大概是大幅度的呼吸會引起女鬼的注意，但……如果是睡著會打呼的玩家怎麼辦？難道這也是死局？

而且……

莊天然看著封蕭生隔著棉被露出深邃而明亮的雙眼，眼神天眞無邪，甚至帶有一絲孩子氣的抱怨，像是在說：「我也嚇到了，需要抱抱才能好」。

莊天然面無表情。這個剛才直接動手推開女鬼的人，現在卻露出這副神情，也很古怪。

隔天早上，莊天然朦朦朧朧地醒來，外頭已經天亮。由於窗簾緊掩，室內依然昏暗，僅有一絲陽光透過窗簾的縫隙滲入，爲灰暗的房間鋪上斑駁的光影。

床邊的沙發傳來「喀滋、喀滋」清脆的聲音。

坐在沙發上的青年逆著光，面容模糊，長腿交疊，單手撐著臉側，指尖一下下叩著太陽穴，嘴裡咬著草莓巧克力棒。

青年見到莊天然醒來，莞然一笑，取下嘴裡的巧克力棒，舌尖在前端打轉一圈，裹走最後一份粉色巧克力醬，似眞似玩味地品嚐。

莊天然看清了這張完美無瑕的臉，想起這個人叫作封蕭生，也是個玩家。

「我果然對你沒印象。」封蕭生意味不明地說。

莊天然看著封蕭生，眨了眨眼睛。或許是剛睡醒的關係，腦袋有些混沌，明明聽見對方說了什麼，卻沒聽懂，下意識在心裡回道：是啊，我也差點認不出你。

「原來是這樣。」封蕭生低頭輕笑。

莊天然茫然的眼神像剛出生的小雞。

「你記得我們昨晚最後的對話嗎？」封蕭生問。

莊天然腦袋卡殼一會。昨晚……他睡到一半遇到女鬼，然後不知不覺就睡著了，他怎麼能睡著啊……對了，是封蕭生把女鬼推開！然後……說了什麼？好像是別害怕之類的……對，就是這個。

莊天然花了點時間才想起昨晚的一切，但腦中反而更加困惑，才過了一個晚上，這麼讓人「印象深刻」的事，沒道理想不起來。

「遊戲在消除我們對彼此的記憶。」封蕭生換了個姿勢，雙手交扣擱在腿上，「用的方式巧妙，只針對部分細節，不容易發現。」

「消除？」莊天然一愣，很快冷靜下來深思：爲什麼要消除玩家記憶？這個世界想隱瞞什麼？

明明是如此嚴肅的氣氛，封蕭生卻呵地笑出聲，「有時越是隱藏，越是明擺著眞相。」

「什麼意思？」莊天然微皺眉心。

「我在說『它』眞是傻瓜，欲蓋彌彰。」

……你是在取笑這個恐怖世界嗎？眞的不怕犯忌諱？

「喀。」

門把轉動，房門被人推開。

屋外的人探頭探腦，神情慌張，如臨大敵似地，直到看見莊天然才倏然鬆了口氣，露出以往痞態的笑容。

是阿威。

阿威嘲諷道：「終於找到你了啊！莊警官，我們還以爲你已經死了呢。」

劉智從阿威身後走出來，很快注意到沙發上的封蕭生，臉色陰晴不定，「你們怎麼在一起？」

不論劉智表現得再老謀深算，說到底還是太年輕，一衝動便會將情緒寫在臉上，大概是睡一覺醒來才發現昨天自己是被封蕭生帶著走。

莊天然想起以前抓到的那些年輕混混，應當還在上學的年紀卻已經是擁有幾個小弟的大哥，那些大哥被抓進局裡時，有時會露出這種表情。一方面是自認老大，不甘心主導權落到別人手上，有失顏面；二方面是因爲恐懼，所以才會叫囂，讓外人認爲他並不害怕。

或許也因爲這樣，莊天然從未眞正和他們計較，除非是攸關人命。

莊天然偏頭看向劉智身後一直想擠進房間的田哥，發現包括莉莉、美青、葉子哥等等，一群人全都聚集在一起。

莊天然問田哥：「你們怎麼會……」

話還沒說完，終於被莊天然注意到的田哥頓時激動起來，「小莊啊啊啊！昨晚、我昨晚……」田哥衝進昨晚夢寐以求的房間，還沒來得及投奔兄弟的懷抱，便被莉莉緊緊地攬住手臂。

莉莉笑容滿面，撒嬌似地埋怨：「田哥，也抱抱人家嘛。」

田哥感到一陣緊縮，手臂被擰抹布似地緊緊擰住，莉莉的力道可不如她的聲音這麼甜美，用勁大得田哥感覺整隻手臂都要被扭斷了。

田哥滿臉驚懼，不知道自己哪裡惹到這位大姊，敢怒不敢言，只能默默嚥下箇中滋味，因此沒人察覺到異樣。

美青見莉莉不糾纏劉智，轉而巴上新的男人，輕蔑地笑了一聲，不大不小的音量道：「賤人。」

莉莉置若罔聞。

田哥不敢抽回左手，僵硬著對莊天然說道：「劉哥早上的時候用開關門的方法，把所有人聚集到同一個房間，說是時間剩不多了！」

「什麼？」

劉智忽然道：「大樓公約，不記得了？『早上九點，請勿於房內逗留』。現在，不管怎麼跑都是房間，要怎麼在九點前離開？」

所有人驚懼的視線聚集到劉智身上，劉智臉色稍霽，撥了撥領子，「或許這是在暗示我們時間快結束了，得在九點前找出關鍵證物，離開遊戲。」

葉子哥第一個發難。他一臉不敢置信，彷彿劉智說了多麼荒唐的話：「我們現在連案子是什麼都不知道，哪來的解答！這個關卡怎麼難度這麼高？完全不合理！」

葉子哥咬牙切齒地盯著莊天然，莊天然被看得不明所以，側了下頭。

「快說！遊戲到底給了你什麼方便？你身上是不是有攻略？」葉子哥惡狠狠地撲向莊天然，想扒開他的衣服，莊天然倏地反射性閃避，「你是新人，第一個關卡應該是教學關卡，遊戲到底給了你什麼？」

莊天然是頭一次聽說原來第一個關卡是教學關卡，這麼說來……他回想從一開始到現在的闖關過程，這個世界還眞的一點也沒給他方便，規則還是從田哥那裡聽來的。

莊天然搖了搖頭，葉子哥瘋了似地不斷重複，不論莊天然表現得多麼疑惑，他依然一口咬定莊天然有所隱瞞：「不可能，新人肯定會給點攻略，別騙人了，快拿出來！」

小夫看著半癲狂的葉子哥，左顧右盼想看現在剩下多少時間，卻找不到時鐘，不安地退後到牆角。

阿威焦慮地咬著指甲，嘴裡唸唸有詞。

莊天然收回視線，正色道：「沒有的事就是沒有，與其繼續固執，不如好好想想怎麼解開這個關卡。」

莊天然看向劉智，「爲什麼不所有人分享自己的案子，不涉及人物關係，只要提及幾個簡單的關鍵字，例如死者的死法，就能知道哪些人屬於這個關卡，也能進一步找出案子的線索。」

並非徵詢意見，而是目前看來，屏除那一位，劉智是最了解玩法的人。

至於那一位……現在正在忙。

封蕭生在眾人討論正經事之際，又拆了一大包小熊軟糖，仰首整包往嘴裡倒。

即使是冷靜如莊天然都忍不住在這緊張時刻分神，想到：小熊軟糖還有這種吃法嗎？

劉智冷笑，「然後屬於這個關卡的玩家不就被針對了嗎？」

莊天然回視，「是不是這個案子的玩家有關係？不論我是不是，也都被針對。」

「喔，所以你打算多拉幾個人下水？」

「我的打算就是盡早解開關卡，讓所有人離開。」

劉智頓了下，瞬間爆出笑聲：「哈、哈哈哈！你眞是會給自己樹敵啊！你的敵人，肯定越來越多了。」

莊天然完全不明白自己說的哪句話引人發怒，但他不理會，「所以……」

田哥看不過劉智嘲弄新人的態度，主動插話：「小莊！你說的有道理，但遊戲有個機制……」

阿威倏地打斷：「劉哥，別讓他們轉移話題！繼續說！揭穿他！」

劉智點了點頭，看向莊天然，眼神瞬間變得陰冷，「時間不多，就別廢話了。」

劉智指著莊天然，「你說謊，你其實不是新人吧？」

莊天然腦中浮現一個巨大的問號。

什麼情況？

劉智道：「對解謎意外執著，故意裝作新手讓人放下戒備，代表你的身分不是家屬，就是凶手。這也能解釋爲什麼明明應該是『新手關卡』，遊戲卻沒給你半點攻略。只有一個可能，你根本不是新人。」

莊天然看著劉智，像在看一個說相聲的表演者。

說得太正經，連他自己都差點被繞進去。

莊天然不理解劉智爲何突然誣陷他，但他注意到氣氛變了，其他人目露凶光，灼熱地盯著他。

莊天然想起一件事——「一旦凶手或家屬死亡，關卡就結束了。」

如果時間只剩下最後幾分鐘，不管他是哪個身分，都不重要，只要是其中之一就行了。

「我啊。」

久未說話的封蕭生突然開口，從沙發上站起，走到莊天然身旁，雙手抱臂，側頭輕靠在莊天然的肩，「遊戲把我給他，我就是他的攻略。」

氣氛一凝，竟沒有人反駁。

劉智垂頭，沒人看得清他的表情。

阿威再次咬起指甲。

小夫眼神複雜，眼底似是欣羨。

葉子哥和美青對視，剎那間閃過一絲陰鷙，很快用輕蔑的表情掩蓋。

美青冷笑道：「才認識沒兩天，怎麼好意思演得情深義重？這麼說來，昨天晚上還住在一起……該不會，你們早就認識了吧？」

葉子哥跟著附和：「小鬼，不是說要坦承公開案子？怎麼不先說說自己呢？你們兩個是不是同一個案子？」

莊天然蹙眉。

又想誣陷，這回連那位都想拖下水！他雖然不明白那位為何對自己友善，但並非所有人幫助另一個人都有所目的，雖然不可否認，那位因為幫助自己而陷入不利。

莊天然還沒替封蕭生出口駁斥，後者先笑了。

「這不是顯而易見嗎？」封蕭生輕挑起眉，從容不迫地說：「除了我想追求他，還有更好的解釋？」

四周頓時死水般安靜。

就連莊天然也無語。

美青左右看著封蕭生和莊天然，握緊雙拳，粉紅指甲陷進肉裡，忍無可忍地嗤笑出聲。

莊天然沉默一會，轉頭正色道：「抱歉，我沒興趣找伴侶。」而且還是在這裡。

莊天然進入警局一年，時常被長官們介紹相親，被譽為分局熱門的結婚對象之一。

明明為人老實，就連局長孫女追著他跑都能斷然拒絕，並不算討喜，但被同仁戲稱是「天然撩」——總是不經意說出動人的話，而且絕對盡責和護人。以至於局長孫女到現在都還不肯放棄，勤跑警局送食物，害得清廉的莊警官一度被謠傳收賄。

美青見兩人說得煞有其事，頓時怒急，「少開玩笑了！別以爲裝瘋賣傻能蒙混過關！我這裡可是有重要線索，就是這張……」

說著就要從口袋取出東西，才剛露出粉色的紙角——霎時地面爲之一震，房間燈泡不停閃爍，室內忽明忽滅。

「嗶……嗶……嗶……嗶……嗶……」不知何處傳來異常清晰而鮮明的嗶嗶聲，彷彿直接穿透耳膜，直達大腦。

「是投票箱！」葉子哥驚喜地喊道：「劉哥說對了！遊戲快結束了，不然投票箱不會出現！只要投對人……遊戲就結束了！」

美青嫣然一笑，「看來是我找到的線索觸發了投票箱吧？果然，這個線索眞的很重要……」她忽然不拿了，把紙收回口袋裡。

「只要找出足夠的線索就會出現投票箱，每個玩家可以根據手邊所有線索票選誰是凶手或者家屬……」美青轉向莊天然，唇邊滿是愉快的笑意，「眞不巧呢，看來票數底定。」

莊天然眼神掃視四周，沒看見所謂「投票箱」的出現。

田哥緊張地抓住莊天然的雙臂，搖晃著他，「現在進入投票時間，對你很不利啊！」

莊天然困惑地側頭。他自認問心無愧，不理解爲何投票箱跟自己有關？

「他們有五個人，我們只有四個！」田哥的手勁緊了緊，「所以，最關鍵的一票，在家屬手上！但是，就算他們之中有家屬，也不會站在你這裡了！」

莊天然赫然醒悟——爲什麼劉智會突然改口栽贓自己是假新人，原來是在暗示其他人投給他！

現場九個人，他們佔五個，這樣看來，如果五個人都投他，他就中籤了。唯一有可能不投他的，只有眞正的「家屬」，所以他唯一的生存機會，就是「家屬」在那五個人之中。

但他還是不明白，爲什麼田哥說家屬也不會站在他這裡？

「你想要讓所有人離開，家屬怎麼可能同意？你以爲這裡只有凶手想殺人？家屬也恨不得啊！恨不得親手殺死凶手，替摯愛報仇！」

莊天然震愕。他從沒想過這一環。

「而且，你積極搜線索，也會讓家屬質疑你是不是凶手……因爲凶手能活命離開的方法，就是殺死家屬或銷毀關鍵證物！」

這時，美青涼涼地從旁插話：「你不用刻意講給我們聽，不管如何狡辯，眞相都不會改變。」

田哥咬牙。

確實如她所說，他是為了最後替莊天然扳回一城才道出這些，或許能讓其他人明白莊天然並不是家屬或凶手任何一人。

猝不及防之下，光線忽地全滅，在周圍徹底沒入黑暗以前，莊天然聽見封蕭生慢悠悠地說：「最多兩票……」

最後幾個音節沒聽見，莊天然眼前一黑，所有聲音都消失了。

直到眼前再次亮起燈光。

不遠處的上方懸吊著一盞吊燈，白光照映著桌子，桌上擺著一個黑色箱子，以及正在流逝的沙漏。

莊天然見沙漏還剩下不少，沒有立刻靠向桌子，環顧四周，全是伸手不見五指的黑暗，寂靜得只能聽見自己的呼吸聲，彷彿置身在另一個時空。

「……田哥？」莊天然試圖喊了一聲，無人應答。

他看向眼前的箱子。

看來，這個就是投票箱。

莊天然走近桌邊，桌上擺著一張白紙，以及一疊紙牌。他先拿起白紙，開頭寫著「遊戲說明」，內容如下：

一、最高票者，死亡。
二、誤投致玩家冤死者，死亡。
三、平票，全體一致，存活。
四、零票，全體棄權，存活。
莊天然閉了閉眼，掩去心中的慌亂。
雖然剛才從田哥的反應已大致能猜出被選中的結局，但現在親眼證實還是會有些動搖。
他再次睜開眼時，已經不見半點慌張，繼續拾起紙牌，攤開來看——紙牌上用黑墨畫著各種貌似人物的扭曲圖騰，右上角寫著字。
最上面的這張紙牌，印的是歪歪扭扭地舉起右手敬禮的人物，腳下踩著一根平衡竿，底下是滑稽的皮球，彷彿賣藝的小丑，皮球下方蔓延出黑色水窪。
而紙牌右上角寫著：「警察」。
莊天然一頓，又迅速翻看後面幾張紙牌，全是奇形怪狀的人物，右上角的字是：「網紅」、「網美」、「老師」……
莊天然明白了。
難道這代表所有玩家的身分？

他把紙牌放在桌上，一掌攤開所有紙牌。

「警察」、「網紅」、「網美」、「老師」、「學生」、「工人」、「業務員」、「送貨員」、「輟學生」……

莊天然停格，視線停留在倒數第二張紙牌。

他們之中，有人是送貨員!?

1
想知道若是這個世界沒有法律，也能讓加害者得到制裁的方法嗎？
2
我不鼓勵動用私刑，這是有失公允的另一種傷害……
3
我想說的不是這個。
那是？
4
曬恩愛。

07 投票

難道有玩家是冰棍假扮？

莊天然想起送貨員最初模仿人類的模樣，幾乎難以分辨，不由得心生寒意。

他的視線望向桌面上的卡牌，注視一會，忽然發現不對。

如果眞是這樣，那麼利用投票逮捕凶手這件事就變得毫無意義，假使所有人都選擇送貨員，死的也是冰棍，並非此案眞正的凶手，不符合邏輯。

這麼說來，還有一種可能——他們之中，有一個玩家的現實身分是送貨員。

而那個送貨員，或許就是此案的凶手。

沙漏裡的沙不斷地流逝，轉瞬間只剩下一半。

莊天然站在桌前，一手撐著桌沿，另一手來回翻看卡牌。

誰才是送貨員？

如果使用刪去法，「警察」是他自己。

莊天然把警察的牌挪到最左邊。

「網紅」應該是劉智、葉子哥、阿威和小夫之中一人。他們的團名是「自我流」，田哥說是來自劉智的諧音，代表劉智是主要創辦人，因此「網紅」應該是指劉智。

至於「網美」通常泛指女性，指的是莉莉或美青其中一人。美青明顯跟劉智更熟悉，加上莉莉並非「自我流」的團員，所以網美估計是美青。

莊天然把網美跟網紅的牌挪到最左邊。

他記得在第一個解鎖關卡，田哥提過自己以前做工，所以「工人」是田哥。

莊天然再把工人卡牌挪到左邊。

再來，能從外觀和說話語氣判斷職業，先從較容易判斷的「業務員」入手。

從葉子哥的說話腔調，以及一開始主動推銷他們的團隊、提供直播好處等話術，不難猜測葉子哥是業務員。

莊天然把業務員的卡牌也挪到左邊。

剩下最後四張卡牌，除了「送貨員」以外，還有「老師」、「學生」和「輟學生」。送貨員男女老少都能擔任，較難區分，而後面三張卡牌性質相當接近，容易搞混。但有一個特性能夠明顯區別，那就是老師肯定比學生年長。

所以從年紀上來看，封蕭生、莉莉、阿威和小夫四人當中，小夫和阿威的年紀明顯較小，而封蕭生大約和自己一樣二十歲出頭，最後莉莉最爲成熟，明顯是社會人士，從她嬌小纖瘦的身材判斷，擔任送貨員的機率不高，因此推測莉莉有可能是「老師」。

學生和輟學生幾乎無法分辨，只能再另找線索，如此一來，剩下「送貨員」、「學生」、「輟學生」這三張卡牌，這是目前能縮到最小的範圍。

莊天然心中默然，靜靜地看著最後三張卡牌。

阿威、小夫和……封蕭生，其中一個人，極爲可能是凶手。

莊天然揉按著太陽穴，閉著眼還能想起封蕭生像個小孩似地吃著草莓巧克力棒的畫面，明明不過認識一個晚上，卻讓人記憶深刻。

不知爲何，儘管他表面冷靜，眼神卻會不自覺追隨對方。

總覺得似曾相識，想要看清楚，到底是在哪裡見過這個畫面。

他不願相信這樣的人是凶手，但在證據面前，不應該有任何偏頗。

而且，從三年前的那個海邊，他吹了一整晚的海風，已經想清楚，他不會再與任何人維繫關係，直到他死去的那一天。

莊天然拾起那張「送貨員」卡牌，上頭是一個頭頂著紙箱的小丑圖案，紙箱上還站著一個只看得見半身、露出裙襬的女子；小丑嘴角笑得開懷，眼睛卻瞪得老大，黑色的瞳孔寫滿驚懼。

莊天然拿了一會，放下卡牌，沒有投入箱子。

打從一開始他就打算棄票，因爲不論選擇正確與否都會讓人死亡，所以他選棄權。

平靜地看著沙漏漸漸流光，莊天然心想：封蕭生說的「最多兩票……」，是什麼意思？

隨著最後一點沙子流逝，黑暗盡散，空氣中的雜音再次傳入耳裡，他們又回到房內。

眾人神色各異，有的人垂眸看地板，例如劉智和美青。有的人視線四處飄晃，掃視著其他人的反應，試圖想要探究對方做出什麼選擇，例如阿威和小夫。

有的人搶先開了口，葉子哥說道：「接下來，就等『開票』了。」

田哥緊張地站在莊天然身旁，撇頭環顧四面八方，連同天花板也不放過，「小莊，你別、別怕啊！有沒有什麼遺言？田哥會幫你到底！」

「……」謝謝，沒有被安慰。

莊天然想，目前看來，最好的結果是無人投票，要不然……送貨員被選中的機率最高。

雖然在場所有人都知道警察指的是他，但沒有任何實際證據指向家屬或凶手是他，在得知「玩家投錯票也會死」後，莊天然鬆了口氣，畢竟並非深仇大恨，沒人會爲了出一口氣而投給他。

空氣一度凝結，葉子哥轉頭問劉智：「劉哥，現在怎麼辦？」

劉智拍了拍葉子哥的肩，「票也投了，我們只要度過這一關，就能安全下莊。」接著又轉頭對其他團員說道：「九點快到了，盡快想辦法離開房間。」

大樓公約清楚表明，九點前必須離開房間，否則恐遭不測。

自我流一行人開始討論，莊天然怔了怔。

說好的開票呢？

田哥也彷彿瞬間忘卻這回事似地，試圖擠進人群中參與討論。

莊天然拉住他，「等等，田哥，開票呢？」

這麼說來，箱子消失了，究竟會用什麼方法開票？

田哥「喔」了一聲，「很快啦。」

「很快？」

「下次冰棍出現的時候，最高票的嫌犯和投錯者就會當場被斬首，全程不超過三秒，一下子就『喀嚓』了，不用擔心啦。」

「……」明白了，沒辦法不擔心。

正在討論的人群中，有人刻意揚高語調：「不是有人說自己是『攻略』嗎？攻略先生，你說說看，我們該如何離開這裡？」

莊天然抬頭，看見美青執著地盯著封蕭生，眼神出奇專注。

除了劉智以外，美青似乎也總是有意無意針對封蕭生，如果說劉智是因爲權威被挑戰，那美青是爲什麼？印象中，他們並沒有起過衝突……

腰際忽然覆上一隻手，封蕭生把手搭在莊天然腰上，側頭小聲道：「沒事，我們這樣的人難免會遇到困擾。」

莊天然壓低音量，「這樣的人？」

「這樣好看的人。」

莊天然沉默。等等，是因爲這樣嗎？

封蕭生若無其事地抬頭，朝美青歉意一笑，「抱歉，我攻略的並非關卡方面。」

這回所有人都沉默。

不是攻略關卡，難道是攻略玩家？這人眞的把這裡當成戀愛遊戲!?

劉智大笑出聲：「哈哈哈、我就知道！我就說他根本是裝腔作勢！你們忘了嗎？他是在遊戲中途才突然出現，這不就是專門躲起來等其他玩家破關，最後再撿便宜的那種人嗎？」

田哥愣了愣。

沒想到他以爲的大佬竟然是……完全跟自己一樣的人啊！親兄弟！

田哥一點也不在意對方是否是拖油瓶，反而因爲團隊裡不只他一個人是拖油瓶而感到興奮竊喜，突然覺得跟封蕭生的距離瞬間拉近不少。

莊天然皺了皺眉。不，他很確信大佬確實有兩把刷子，不然也不會有意無意解救自己多次，但爲什麼他要這麼說？是爲了隱藏實力？但如今快要接近尾聲，不離開的話所有人都會死，沒必要再隱瞞。

「嗯……」封蕭生低吟一聲，眾人以爲他要爲自己辯駁，沒想到他卻提出了一個問題：「同樣一場遊戲，爲什麼有些人須要闖關，有些人不用？」

眾人面面相覷。

……因爲臉皮比較厚？

阿威怒道：「這個人根本連裝都不裝，直接說自己就是來蹭關的！劉哥，能不能別管他了？快點走吧！」

劉智瞟了封蕭生一眼，意有所指地道：「既然如此，我們有任何計畫也不必公開了，免得有些人把別人當白痴，以爲裝大佬就能蹭過關。」

葉子哥雙手抱臂，「我早就說了！劉哥，你就是太大方了，根本從一開始就不用教他們破關方法啊。」

美青站到劉智身邊，微仰起下巴，臉上寫滿輕視，視線卻一刻也不曾離開封蕭生：「也不是不能帶著走，只要乖乖聽話。與其放走這種身分不明的玩家，不如待在我們看得見的地方……我會看緊他的。」

劉智挑眉，語氣陰沉：「美青，妳眞的是這麼想？不是我想的那樣吧？」雖然這女人只是他的消遣之一，但就因爲是消遣，更無法容忍她居然先移情別戀，該死的婊子。

劉智再次對上封蕭生，「原來如此，不只蹭關，還賣臉是嗎？」

封蕭生垂頭把玩手錶，若無其事地聽完一群人的嘲諷，接著「呵」一聲，溫潤的眼眸對上劉智銳利的眸子，由於角度關係，沒人看見他們的表情，因此也沒發現劉智整個人顫了一下，緩緩握緊拳頭，彷彿自我防備。

封蕭生微微張口，正欲說些什麼——莊天然忽然挺身而出。

「我一直不明白，你們不著急案子，反而更針對玩家的理由是什麼？」

「現在我想通了。」

「會揪著嫌疑人不放的，一是家屬，二是凶手。尤其是凶手，因爲關卡拖越久，找出的線索越多，對凶手越不利。」

「所以我想問，你們誰是凶手？」

自我流一行人啞口無語，小夫「呃」了一聲，眾人才突然驚覺他也在這個房間，一直默默縮在角落。

小夫整個人抖得厲害，對著莊天然，猩紅的雙眼滿是恐懼和激動，看似有話要說，「呃、呃！」因爲太過緊張，甚至打起嗝。

葉子哥猛地抓住小夫的手臂，「你冷靜點。」乍聽像是安慰，但從他攥緊的力道和恐怖的眼神看來，更像是威脅。

莊天然瞬間把所有人的反應盡收眼底。

劉智臉色依舊很黑。

小夫激動，有話要說。

葉子哥全身緊繃，極力隱瞞。

阿威眼神飄晃，不敢直視任何人。

美青表情幾乎不變，最爲冷靜。

莊天然默默觀察完畢，淡然地回頭對封蕭生說道：「抱歉，打斷你，你原本要說什麼？」

封蕭生原本一臉運籌帷幄，唇角噙著淡淡的笑意，忽然垂下眉頭，變得極度委屈，露出可憐巴巴的神情，「胃痛……」

莊天然怔了下。

他見封蕭生捂著腹部，似乎真的難受，不禁看向桌上堆積如山的甜食袋子。

「……」一大早攝取大量糖分，難怪胃痛。

封蕭生眨著眼睛看他，眼神裡全是信賴和依賴，莊天然心想，昨天他們之間還明顯有些距離，對方甚至像老師般指引他，現在卻換了另一種樣子，甚至還說出「追求」之類的理由來親近他，他是從什麼時候開始轉變的？

看來是今早剛清醒的那段對話——「遊戲在消除我們對彼此的記憶。」

這個世界這麼做的理由是什麼？封蕭生又明白了什麼？

在投票時，他曾經懷疑封蕭生是凶手。

但自我流明顯有問題，封蕭生不屬於他們那群，加上他後來發覺，每個關卡玩家是隨機分配，如果一個關卡裡有超過半數的人互相認識，不就代表他們很可能都是這起案子的相關人士？

所以，自我流很可能就是這次關卡的嫌疑人。

因此封蕭生是這起案子的凶手，甚至是嫌疑人的機率很低。

當然，最後依然要看證據，他會直白對自我流問出「誰是凶手」，只是爲了測試他們的反應。

莊天然的思緒千迴百轉，等他意識到時，自己已經坐在床沿，而封蕭生靠在床板，自己的右手正覆在他結實的腹部，無意識地替他揉肚子。

莊天然霎時一震，忽然覺得眼前的場景十分熟悉——這不就是他從小到大的習慣？他想起室友也熱愛吃甜食，總是不小心吃多，胃痛就要他揉。

以至於後來已經成爲習慣，甚至睡夢中還會不自覺去揉室友的肚子，讓室友樂了好一陣子。

這個習慣是從什麼時候開始沒有的？不，一直都有，直到他失蹤……

莊天然默默斂下眼眸。

他對室友最鮮明的印象就是像神一樣，身上有光，現在才想起對方也有一些小毛病。比如面對外人的時候總是光鮮亮麗，但在宿舍的時候衣服老是扔滿地，洗個澡能從床上扔到浴室門口。

莊天然驀然想起這些回憶，有些低落，手下的動作卻更輕，在他沒察覺之際，已經對封蕭生多了一分縱容。

封蕭生的手輕輕搭在莊天然的手背，撥弄莊天然的手指，這時，莊天然注意到封蕭生腕上的錶，顯示著八點三十分。

「快九點了。」莊天然驀然起身。

劉智一行人正在門前小聲討論，聽見床邊的動靜時，回頭看了一眼，很快又轉過頭，刻意壓低音量，不讓他們聽見商討的內容。

莊天然沒理會他們的小動作，畢竟原本就沒打算一起行動，眼前的人們對他而言形同擺設。莊天然仔細觀察房間，在床下搜查有沒有線索。

封蕭生見莊天然來回忙碌，微微側頭，問道：「九點一定要離開？」不知是否因爲安靜靠坐在床鋪的姿勢，讓他看起來比平時更加單純無害。

莊天然點頭，「大樓公約上說了。」

封蕭生道：「那個大樓公約有這麼重要？」

「哈！」葉子哥忍不住插嘴，「居然說大樓公約不重要？」

葉子哥表面上狀似不在意，實際上卻暗中旁聽兩人的對話。

而同樣在偷聽的田哥終於找到機會插入話題，殷勤地對封蕭生說道：「是啊、是啊，小封，大樓公約很重要啊！既然那種東西會貼在門口，肯定是很重要的規則！違反規則會出大事的！」

小封？莊天然腦中浮現疑問。田哥什麼時候換稱呼了？之前不是還一直尊稱大佬嗎？

封蕭生仍一臉不解，眨著眼睛道：「既然這麼看重公約，爲什麼要讓所有人聚集在同一個房間？我記得，公約上不是說了：『一間房間只能一個屋主，外人不得進入』？」

莊天然聞言一怔。

葉子哥斜了眼封蕭生，「不是吧？連這麼簡單的文字遊戲也不懂？玩家是住戶，怎麼算得上外人？就算所有人都聚集在這個房間，屋主還是只有一個啊。你們昨晚不都住同一間了？要是眞的違規，還能活到現在？」

田哥眉頭一皺，罵咧咧道：「你們怎麼回事？怎麼開口閉口都見不得別人活得好好的？」

莊天然再次被田哥的介入嚇了跳，他才想田哥是怎麼回事，怎麼突然積極幫腔？

莊天然自然不知道田哥心中所想，現在在田哥眼中封蕭生等同於初生之犢，比起莊天然這個行爲比老手更冷靜老練的新人，面色無辜的封蕭生更能激起他護犢子的心理。

封蕭生微微斂眸，思考一會，抬眼，將劉海撩至耳後，淺棕色的眼瞳瞇起，「原來如此，所以只要在其他人的房間就沒事了？」

莊天然越聽越茫然，他想：奇怪，昨晚……不就是這個人告訴他待在同一間房間不會出事的嗎？爲什麼現在又像是一無所知？

「我知道了，關於這關的解法。」沉默已久的劉智忽然開口，一句話瞬間吸引了眾人目光，「就算房間連在一起……但如果我們都離開自己的房間，各自進入其他人的房間，不就是公約所指的『離開房間』？」

葉子哥怔了下，頓時面露狂喜，兩掌一拍，「對啊！我怎麼會沒想到？肯定是這樣！不愧是劉哥！」

劉智的臉色卻沒有因此轉好，反而更加陰鷙。他目光沉沉地盯著封蕭生，邁開步伐，來到封蕭生面前，低聲道：「別以爲我不知道你在想什麼。」

封蕭生輕笑，「嗯？你知道？」

「我已經摸透了，不過是一些無聊的伎倆——故意引導話題，利用言語暗示，讓所有人照著你的計畫走……都是一些我早就玩爛的把戲，少得意了。」

封蕭生「啊」了一聲，一臉遺憾地搖頭，「我想的並不是那些事。」

「什麼？」

「我一直在想……怎樣才能這麼做。」封蕭生驀然撈過莊天然的腰，垂頭親吻他的耳朵，暗藏鋒芒的眼角餘光瞥向劉智，眸尾輕輕上揚，「至於你說的那些事，原來須要動腦？」

莊天然和劉智同時一僵。

「媽的，死變態！」劉智撕下冷靜的面具，面色漲紅，氣急敗壞地大步走開。

莊天然則是滿頭問號。

發生什麼事了？

他只看到劉智走過來和封蕭生說了幾句，兩人音量太小聽不清楚，他正想加入時，突然被封蕭生撈過去——借位裝作親吻，靠近他的耳朵。

你們到底在講什麼啊……怎麼會做出這個舉動？

「他罵我。」封蕭生撇嘴，一副備受委屈的模樣。

所以你們到底聊了什麼……

封蕭生看見莊天然眼底的無奈和困惑，遂而失笑，「抱歉，只是借用一下。不是說了？沒有比『我想追求你』更好的答案。」

莊天然二度聽見這句話，頓下來思考，這才從這句話品嘗出不同的含義——兩個熟絡的案件相關人容易被針對和質疑，比起這個，「追求與被追求者」是更好的理由，加上一般同性之間較少用這樣的障眼法，反而更讓其他人捉摸不定，即使有所懷疑，也會猶豫是真是假。

他不由得想起封蕭生曾經提過的「五子棋」——「五子棋，並不是看對手下在哪裡，跟著走棋。而是每下一步棋，都要先預測後面五步棋，再引導對手下在哪裡。」

「不動聲色掌握主導權，才能得到勝利。」

劉智回到團隊中，表情明顯不耐，「好了，時間剩不多了，快點，所有人安排一下順序，一次只能一個人出去……」

「一個人？」小夫驚呼道：「爲什麼要分開！」

「沒聽見規則說要待在其他人的房間？兩個人會大幅增加碰到自己房間的機率。」

「萬一分開遇到冰棍？」

「那就快點在九點前跑到下一間啊，不是連環房間嗎？沒什麼難的吧？」

莊天然心想：邏輯沒錯，但總覺得有哪裡不對勁……

「既然這樣，小夫，你先出去吧。」劉智道。

小夫瞬間變了臉色，貼著牆，彷彿想將整個人融進水泥，「爲什麼？我不要當第一個！」

阿威幸災樂禍道：「你也該試著闖關了吧？總不能老是跟著我們啊，對吧，劉哥？」

劉智沒說話，把玩著手機，漫不經心地上下掃視小夫。小夫不由自主全身發顫，低頭抱住自己的頭部，幾乎縮成一團，「別看我……別看我……」

葉子哥打開門，「好了，去吧。」

小夫畏畏縮縮地往門口走，被葉子哥半推半拉地推了出去。

莊天然下意識看了封蕭生一眼，只見封蕭生側頭看著窗外，看不清面容。

門被關上了。

葉子哥再打開門，又是一間空房。

「誰是下一個？」

「從熟悉自己房間擺設的人開始，如果能從外面確認自己的房間，不就可以立刻換一間？」許久沒開口的美青斜了莉莉一眼，「妳不是提著一個包嗎？看看房裡有沒有不就得了？」

莉莉想了想，覺得確實有理，走到門邊張望，忽然間，被人猛地一推，「啊！」她措手不及，向前摔進房裡。

「莉莉！」田哥大吼，撲進去扶住她，美青順勢把門甩上。

一切不過在短短幾秒之間。

「妳怎麼能這麼做！」莊天然怒了。

美青雲淡風輕地說：「你急什麼？等等就輪到你了。」

「單人進房是否可行，還沒得到證實。」

「這不是正在實驗嗎？」

莊天然越想越不對勁，直到某一刻他忽然明白古怪之處——現在他們所待的房間，是封蕭生的，所以，如果照這個推論，只須封蕭生一人離開房間即可，這樣等於所有人都待在不屬於自己的房間。

既然如此，劉智爲什麼要引導其他人離開房間？而且還定下「一次只能一個」的規則……

莊天然抬頭，聲色俱厲地道：「你們的目的不是解決關卡，你們的目的，是要殺人。」

故意推人出去測試，是間接殺人。

這個世界不允許玩家自相殘殺，但如果在其他房間發生任何事，都不是他們動的手，不會遭到反噬。

莊天然指證歷歷，「如果這之中家屬不幸死了，你們就贏了。現在我更確定，你們四個之中有人是凶手。」

——只有凶手會急著殺死家屬，因爲找出越多線索，對凶手越是不利。

阿威怒道：「你在胡說什麼！解謎本來就會有風險！」

莊天然指著封蕭生，「這裡是他的房間，除了他以外，沒人須要出去。」

劉智冷靜地反問：「那麼你是要雞蛋放在同一個籃子裡？如果這個方法沒成功，所有人都被困在這個房間，然後集體團滅？」

莊天然沉默。

阿威搖頭嘆氣，「所以我說新人就是麻煩，會怕就說嘛，你不做，只好我們來做了。」

「我知道了，你們別動，我去確認這個方法是否奏效，再回來告訴你們。」莊天然沉聲說：「我知道自己的房間是哪一間，因爲我的房間裡有冰棍。」

一提起冰棍，阿威的表情抽搐了下，頓時沒了剛才的囂張，他想：這個新人有毛病，自己房間就有冰棍，居然能說得這麼輕描淡寫！

劉智顯然不信任莊天然，嘲諷道：「呵，不是說不跟我們一起玩了？怎麼突然這麼大方？」

「我不是在幫你，照你的說法，我在分散風險。」

不論哪種人，即使是罪犯，也是他要捍衛的生命，所以無論如何都要降低死亡風險。目前他是最能快速確認自己房間的人，體能來說也是最能迅速進出房間的人，他去測試是最保險的。

當然，還有一個人能夠做到，就是封蕭生。但他總有種感覺，這個人始終置身事外，不像會爲了任何人犧牲自我。

就在這時，封蕭生開口了：「還有一個規則呢。」

「什麼規則？」

「外人不得進入房間。」

葉子哥皺眉，「不是跟你說了，玩家都是住戶，不算外人！就算我們進出其他人的房間也不會有任何問題。」

封蕭生莞爾，「是啊，但如果房間多了一個『人』呢？那不就是外人了。」

封蕭生越過人群，拉開廁所門，面向著所有人，微笑道：「那麼，要來看看廁所裡有沒有人嗎？」

眾人看清裡頭時，瞬間刷白了臉色。

阿威失聲尖叫：「媽、媽媽！媽呀！救命！救救我！」他嚇得不停喊媽媽，不管不顧地衝向房門，跑出房間。

葉子哥也跟著驚慌失措地逃了出去。

劉智本來要逃，但斜眼瞥見封蕭生沒有任何動作，硬生生止住腳步，轉頭看向站在廁所門邊的封蕭生——以及廁所裡血肉模糊的無頭屍體，和那個手握著血淋淋的刀、僵直不動、咧開嘴笑的紅衣女鬼。

劉智質問封蕭生：「你怎麼知道裡面有冰棍？」

美青忍不住乾嘔，扶著牆，跟著問：「你是不是知道什麼⁉」

封蕭生笑而不語。

美青咬緊唇瓣，「作爲交換……我身上有一個重要的線索，只要你說出情報。」

「哦？」封蕭生感興趣地笑了笑，點頭道：「明白了。」

接著他轉頭看向莊天然，「然然，她說她有線索。」

莊天然點頭。他聽到了。

「那你有線索嗎？」封蕭生莫名地問。

莊天然怔了下，「沒有。」

「所以你比較特別。」

封蕭生笑著拉住莊天然的手，「我們一起去下一間吧。」說得像是手拉著手一起上廁所的小女生。

不僅莊天然愣住，在場所有人都愣住。

下一步……不是應該是雙方交換線索嗎⁉

眼看他們拉開房門，即將走出門外，劉智驀地伸腳擋在門前，「你們不能走。」

接下來的一切只在眨眼之間。

封蕭生轉身，正要回應，美青趁機使勁把莊天然往門外一推，莊天然被劉智的腿狠狠絆倒，一時沒站穩，整個人往前摔了出去——沒想到，封蕭生條件反射似地又迅速回過身，一手撈住莊天然，另一手倏地抓住門板。

計謀失敗，不僅人沒推出去，門也沒關上。

劉智和美青臉色大變，沒想到對方反應如此迅速，氣氛為之凝結，正忐忑不安之際，封蕭生做了出乎意料的舉動。

封蕭生抬手，將莊天然推出門外。

莊天然愕然回頭，封蕭生朝他微微一笑，接著，關上了門。

頓時房內只剩下劉智、美青和封蕭生三人。

封蕭生背靠門板，雙手抱胸，指尖一下下叩著手臂，露出滿意至極的笑容：「終於只剩下我們三個了。」彷彿一切是精心策劃，所有的反應都在他的掌控之中。

明明笑容如此好看，劉智竟然發自內心感到害怕。

為什麼關上門？他不是要一起出去嗎？他在打什麼主意？他……是誰？

劉智喊道：「瘋子……瘋子！我絕對不會讓你稱心如意！」他猛地推開封蕭生，拉開房門，衝出門外。

最後剩下美青愕然地看著面前的封蕭生。

封蕭生不以爲意地偏頭，「現在剩下兩個人了？好吧，妳可以說了，妳撿到什麼線索？」

「……」美青歷經漫長的沉默，問：「你只是要問這個？」

封蕭生一臉天眞地點頭道：「是啊。」

美青無語地揉按太陽穴，一會後，她深吸一口氣，抬眼看向封蕭生，「算了，剩下我們正好……我有話要說。」

美青一步步走向封蕭生，貼得極近，兩人幾乎黏在門板上。

「你昨晚收到我的紙條了吧？爲什麼不投給『他』？我手上眞的有重要的線索，而且，不只是線索……」美青驀地抓住封蕭生的手，按向自己的胸部，「我的一切都給你。」

封蕭生挑起半邊眉，看不出是有意思或沒意思，不爲所動地笑道：「爲什麼是我？」

「我觀察你很久了，你對於遊戲的擅長程度早已超越一般老手，你隨時都在注意四周，每個舉動都有目的。」美青垂下眼眸，收起鋒芒，不同於以往地楚楚可憐，「你很特別，我沒遇過你這種玩家，我願意獻上我的一切，只要你帶著我，保護我。」

「原來如此。」封蕭生抽回手，向後退開兩步距離。

美青覺得他的聲調有幾分古怪，比起回應，更像是在喃喃自語……接著她抬頭，看見封蕭生手裡多了一張熟悉的粉紅紙張。

那是一張寄貨單，上面寫著潦草的字體。

美青倒抽一口氣，迅速摸向口袋，「你！什麼時候？」她的線索什麼時候被摸走了！

「謝謝，有勞了。」封蕭生微彎起眸，鞠躬致謝，轉頭就要走出房門。

美青花容失色，伸手撈住封蕭生的手臂，「等等！我能爲你找到更多線索！和我組隊比那個白痴有用多了！只有我懂你到底多有能力，只有我才能跟你配合！我不信你眞的是喜歡男人的變態，我哪一點比不上他？」

美青從背後緊緊抱住封蕭生，堅決地說：「我早就猜到了，你選上他的眞正原因……如果你們眞的互不相識，那麼，你就是看上他的死腦筋。你太出眾了，容易成爲所有人的目標，所以你需要更明顯的靶子——他是最好的人選，不只容易樹敵，又不會反過來害你，甚至還會主動護著你，對吧？我知道你是個聰明人，坦白承認吧，在這裡誰不自私？這就是事實。」

封蕭生沉默片刻，轉過身，輕柔地拉開她的手，嘆了口氣，「看來妳非得知道眞話，是嗎？」

美青點了點頭，仰望著封蕭生。

「好吧，真話就是……」封蕭生雙手插兜，俯下身，湊到美青耳邊，保持著禮貌卻又能讓兩人聽清楚的距離，輕聲低喃，彷彿訴說著一個只有你知我知的祕密：「就算全世界都死光了，我也不會看上妳。」

美青倏地渾身僵硬。

封蕭生旋身離開，關上了門。

08 叛徒

莊天然被推出房間，還沒回頭，後腦勺襲來一陣風，莊天然下意識察覺有異，反應極快地轉身，一腳踢開鐵棍！

阿威被連帶踹倒在地，痛呼一聲。

「小莊！你沒事吧？」田哥抓住莊天然手臂，轉頭罵道：「臭小子！就說不要隨便亂打人，從門裡進來的可能是玩家啊！」

阿威撫著腦袋，回罵道：「你怎麼知道？萬一是冰棍，我們就全死定了！」

莊天然環視房內，依舊是同樣的房間擺設，房裡除了阿威和田哥以外，還有葉子哥、小夫，以及莉莉，先離開房間的人都聚集在這裡。

莊天然問道：「怎麼回事？連環房間還是沒破解？」

田哥嘆氣，「沒有，還是一直鬼打牆！而且越來越奇怪了啊，不管我們怎麼開門都會回到這個房間，好像被困住一樣，這他媽不是表示下次冰棍再出現，我們都逃不掉了！」

莊天然沉思，「這個房間的所有線索都找過了？」

「有啊，櫃子、床板都翻遍了……」田哥猛然瞠目，「啊！對了！我怎麼沒想到！」

田哥打開窗，整個人探了出去，驚喜道：「還有窗戶啊！看得見外面的路！不能從門走出去，那我們從窗戶跳下去呢？」

「田哥！」莉莉奮力拉住田哥，把他扯回來，「你瘋了？這裡是六樓！」

田哥被罵得一慫，耳朵都垂下來了，「我、我只是覺得有機會啊……」

「先不說六樓有多高，你忘了有多少次冰棍都是從窗戶爬進來？你還是離窗戶遠一點吧！」莉莉的臉色陰晴不定。

田哥一聽，趕緊縮回身子。

莊天然拍拍田哥的肩膀，「莉莉說的對，我們再冷靜想想有沒有其他辦法，田哥，不用過度緊張，情況並沒有變糟。」

「沒、沒有嗎？」

「之前我們是被困在所有房間無限循環，現在變成只困在這個房間，對吧？」

「是啊。」

「那麼，在不同房間遇到怪物，跟在同一個房間遇到怪物，風險一致，沒有差別。」

「……小莊，有沒有人說過你很不會安慰人？」

田哥原本還想抱怨些什麼，忽然聽見一陣刺耳的拖拽聲，轉頭一看，發現葉子哥和阿威正在合力推動大型衣櫃，想擋住門口。

「喂喂！你們在幹嘛！」

葉子哥抹去鼻頭的汗珠，「把門擋住，說不定冰棍就進不來，難道不值得一試？」

田哥道：「還有其他玩家沒進來啊！你把門封住，他們怎麼辦？」

阿威搶話：「關我屁事！」

「你！」

小夫突然站出來，握著手機的雙手隱隱發顫，結巴道：「那、那個，劉哥也還沒進來，如果被他知道你們這麼做的話……」

葉子哥和阿威互看彼此，眼神中暗潮洶湧，最後阿威率先認輸，雙手一攤，說道：「好啦、好啦，囉哩叭唆，廢話一堆，有意見不會自己過來搬？」

「靠！臭小子，自己搞的爛攤子還要別人來收拾……」田哥邊罵咧咧邊上前推衣櫃，衣櫃足足比他的個子高上十幾公分，重量不輕，莊天然也向前幫忙，兩人合力才終於推動衣櫃，田哥半邊身子靠在衣櫃上施力，才剛推動幾公分，「鏗！」背後忽然一記悶棍敲在後腦勺，田哥當場眼前一黑，倒地不起。

「田哥！」莉莉大叫，衝向前推開阿威，就在這時，阿威反身抓住她的手腕，將桌上捎來的水果刀抵在她的頸部。

阿威挾持著莉莉後退，防範莊天然靠近。

葉子哥雙手抱胸，朝莊天然笑道：「莊警官，我們好好談一談？」

莊天然瞥了莉莉一眼，莉莉眼神憤怒，朝莊天然搖頭，示意他不要受到威脅，不用管自己。

莊天然回視葉子哥，說：「談什麼？」

葉子哥道：「你的新手待遇到底是什麼？遊戲都快結束了，別藏了吧，快點交出來。」

莊天然原以爲他們又想搞什麼花招，想不到竟然是爲了這件事，他們一再緊咬這點不放，這個「新手待遇」眞有這麼重要？看來應該是個不小的優勢，甚至能影響局勢也說不定——但話又說回來，所謂「新手待遇」到底是什麼？

如果是一般的單機遊戲，或許新手待遇就是關卡簡單、無限生命値等等之類，但關卡難易度這點已經和田哥證實過，他的關卡和其他人同樣困難，至於無限生命値這一類，要死了才知道，總不能要他自殺吧？

莊天然搖頭，「我不知道。」

「莊警官，這可不是你一個人的事，你可以不管隊友的死活，但再不破關你也自身難保啊。不管怎麼樣，今天不會再讓你躲了，馬上交出來！否則的話……我耐心有限。」葉子哥用眼神示意阿威，阿威立刻抬手，笑嘻嘻地劃破了莉莉胸前的衣物，內衣頓時暴露在眾人眼前，莉莉咬牙隱忍，目光無懼。

莊天然撇開視線，接著又抬頭，看向阿威抓著水果刀的手，「掌心帶汗。」

再看向他的臉，「強顏歡笑，神色焦慮。」

最後看著他的腿，「單腳抖動，腳尖向門口。」

莊天然問阿威：「你在緊張什麼？」

阿威一愣。

「現在人質在你手上，人數二比一，明明你們佔上風，爲什麼你這麼緊張？你在害怕什麼？」

阿威看著莊天然深黑的瞳孔，彷彿一舉一動都逃不過他的眼，阿威眼瞳震顫，瞳孔微縮，就在動搖的瞬間，莉莉猛地抬手，朝他下巴肘擊，「啊！」阿威吃痛，雙手摀住下巴。

莉莉趁阿威鬆手之際，一手抓住刀子，一腳將他踹倒在地；阿威想爬起身，忽然胯下一陣涼意，「咚！」莉莉一刀插在他的褲襠，把他和褲子釘在地板上，刀身只離重要部位幾毫米，阿威嚇得一身冷汗，不敢動彈。

葉子哥見局勢翻轉，神色慌張，正想逃跑，被莊天然迅速一掌按住腦袋，另一手勾住他的脖子，翻過身，將人壓制在地。

葉子哥拚命掙扎，莊天然牢牢按住不放，說道：「我也有一個疑問，明明最重要的應該是找出凶手，但你們卻只想解決關卡，對於『凶手』是誰毫不關心……封蕭生也說過，凶手就在你們之中。」

葉子哥僵住，不再妄動。

莊天然扣住葉子哥的腦袋，說道：「現在，我們來談談，你們是一群熟人組成的團隊，難道不知道誰的職業是『送貨員』？」

葉子哥緊咬嘴唇，莊天然加重壓制，向後凹折葉子哥的手臂，葉子哥痛得發出哀號：「別壓了！別壓了！要斷了！我真的什麼都不知道！」

阿威同樣急得滿頭大汗，在一旁呼喊：「莊警官！他真的不知道！不管你再怎麼懷疑，不知道就是不知道！」

「小莊……他們可能真的不知道……」虛弱的聲音從背後傳來，田哥在莉莉的扶持下，按著腦袋爬起，「靠，還眞狠，不怕把老子打死自己也賠命嗎？」

莊天然問：「田哥，你說他們不知道是什麼意思？」

莉莉檢查田哥的傷勢，示意他不要說話，幫忙解釋道：「遊戲裡有一個傳聞，聽說家屬、凶手和嫌疑人遇到對方時，記憶會變得模糊，因爲遊戲爲了公平競爭，會消除玩家部分記憶，不只是案件的內容，還包括自己的身分，有時甚至會忘了自己就是凶手，還跟著一起破案……直到所有玩家找出更多線索，才會漸漸恢復記憶。」

葉子哥說道：「現在你懂了吧？快放開我！」

莊天然鬆手。

葉子哥揉著脹疼的手臂，嘴裡罵著髒話。

莊天然思索一會，問莉莉：「所以我們到現在還不知道案件內容，是因爲我們是和本案無關的人？只有與案件有關的人，才能透過線索恢復記憶？」

莉莉卻搖頭，「所有玩家都是公平競爭，類似平常的解謎遊戲，通常玩家一進場就會知道整起案件的內容，例如透過報紙、新聞等等資訊，有時甚至會讓玩家親身經歷一遍過程，再從中找出線索。」

莊天然回想起來，田哥也說過類似的話——

「案子……通常一進遊戲就會開始『表演』，有時候是看見屍體，有時候是重演一遍案發過程，像上個關卡我就是出現在一棟別墅裡，看見冰棍捅了牆上的畫一刀，畫流出鮮血……」

「等等等、你說你被困在箱子裡？一打開就看見冰棍？我說了，這遊戲有一定的公平性，照理說你是新手，『它』不可能讓你一進場就死亡，甚至還會提供給每個人新手福利，像我第一關遇到的是線索會發光的機制，所以那時候我連冰棍都沒碰到就找到關鍵證物，離開第一關……但你進來遇到的那個關卡，根本是個死局！」

莊天然發現，現在除了未解的懸案以外，還有兩個疑點——

第一，爲什麼自己的案件開頭和所有人不同？

第二，他的「新手待遇」究竟是什麼？

這些問題，恐怕得問經驗老道的玩家，但在場似乎沒人知道，如果是那位，有可能知道答案嗎？

莊天然思索到一半，忽然被田哥的大聲疾呼打斷。

「所以我才說奇怪啊！爲什麼我們到現在還不知道這操你媽的案子是什麼？會不會是遊戲出BUG了？不然怎麼會一直鬼打牆！」

莊天然問：「你們有遇過關卡出現BUG嗎？」

莉莉道：「我個人傾向不是ＢＵＧ。你們想想，這個遊戲並不是『人為』產生，如果它是某種凌駕於人類科技和文明的神祕力量，出現所謂ＢＵＧ的機率應該很低。而且，就算真的有ＢＵＧ，也應該是更為精密的漏洞，而不是關卡跳針這種明顯的失誤。」

莊天然思索一會，點頭，「我也這麼認為。」

田哥撓撓頭，「你們講話怎麼文謅謅的，我有聽沒有懂？」

莉莉拍了拍田哥的頭，讓他稍安勿躁，動作自然得彷彿在安撫飼養的小狗，「天然，我一直在想，會不會有一種可能……其實這場遊戲從頭到尾根本還沒開始？」

「還沒開始？」莊天然一本正經地問，內心充滿問號。不是都過好幾天了嗎？

莉莉說：「我們都忽略了，遊戲開始有一個最基本的先決條件——所有人都要入場，遊戲才會正式開始，一個嫌疑犯都不能少。所以說，會不會我們只是進入了這個世界，但因為玩家還沒到齊，所以關卡其實從沒正式開始？」

田哥聽不下去，連忙插話道：「啊？妳在說什麼啊？遊戲都過幾天了，怎麼可能有人還沒進來！」

莉莉回道：「怎麼沒可能？要從現實世界被帶過來，有三個條件——一是必須四下無人，二是在夜晚，三是打開門。如果有人這幾天都沒達成這三個條件，的確有可能到現在都還沒被帶進來。」

田哥馬上回道：「白痴喔！怎麼可能沒達成條件？像老子就是洗澡洗到一半被帶進來的，媽的，還好沒給老子裸體……這不重要，重點是誰三天都不上廁所也不洗澡啦！」

莉莉睨了田哥一眼，田哥立刻閉嘴，不過莉莉並未反駁田哥的話，似乎也想不到能夠避開這三個條件的理由。

原本一直在腳尖點地思考的莊天然忽然停下動作，說道：「有可能。」

莉莉和田哥齊齊看向莊天然，莊天然面無波瀾地說：「如果那個嫌疑犯是植物人？」

田哥愣了下，瞬間滿臉驚悚，「操！你說得我都起雞皮疙瘩了！不會吧？」

莉莉臉色凝重，垂頭，不知道在想些什麼。

田哥緊緊抓住莊天然的手臂，「小莊，如、如果真的是你說的那樣，那這場遊戲不就永遠不會開始，我們也永遠出不去了!?」

「這些都只是推測，暫時沒有根據，再搜一搜房間看看有沒有其他線索。」莊天然說完便轉身翻看檯燈，四處尋找蛛絲馬跡。

田哥跟上前，「你說了這麼可怕的話，怎麼還能這麼冷靜啊！」

莉莉點頭，「的確，我們應該再多找些線索才能判定，不過，稍等一下。」

莉莉忽然抄起地上的鐵棍，往旁邊聽傻了的阿威腦袋猛地一擊，阿威毫無防備，慘叫一聲，直接暈了過去。

莉莉回頭，若無其事地說：「可以繼續了。」

葉子哥瞳孔震顫，下意識離莉莉遠一點，連田哥都忍不住退後好幾步。

莉莉瞟了一眼縮到牆角的田哥，「你躲什麼？」

「哈、哈哈，沒有啊……」

莊天然正在埋頭尋找線索，彷彿沒聽見周圍的動靜。

就在這時，一道細微聲響傳來。

「喀噠。」

發出聲音的，是廁所門。

葉子哥悚然地看向轉動中的門把，臉色前所未有地難看，「我們忘記一件事……」

衣櫃擋在房間門口，門被封住。

如果冰棍從廁所衝出來，他們將無處可逃。

但一切已經來不及了。

廁所門緩緩推開，從裡頭踏出一隻腳，看見來者時，葉子哥倒抽了一口氣，接著瞬間鬆懈下來，「劉哥！你終於來了！」

劉智皺眉，很快發現自己並不是從房門走出來，再看向暈倒在地的阿威，問道：「發生什麼事了？」

葉子哥指著莉莉說道：「那個女人打的！」

劉智看了一眼莉莉，莉莉挺起胸膛對視，劉智卻什麼也沒說，收回視線，看向被衣櫃擋住的房門。

他終於明白自己為何是從廁所出來，恐怕是因為房門被擋住。

劉智狀似漫不經心地說道：「你們擅自行動？」

葉子哥臉色一僵，「對不起，劉哥。」

「下不為例。」劉智走向角落，原本一直試圖隱藏自己的小夫一臉受驚，劉智朝他勾了勾手指，小夫顫顫巍巍地把手機交出去。

劉智滑著手機，葉子哥湊向前問：「劉哥，你們是最後離開上一間房間的吧？有發生什麼事嗎？」

劉智聞言，瞬間沉下臉色，「封蕭生那傢伙，有問題。」

葉子哥：「什麼……」

莊天然聞言也抬頭看向劉智。

「他絕對有哪裡不正常，再怎麼樣的老手，面對死亡威脅都不可能無動於衷，只有一種可能……」劉智少見地滔滔不絕，從他的語氣可以聽出一絲急躁，明顯失了冷靜。

葉子哥怔了怔，「劉哥，你的意思是……」

劉智沉聲說：「他不是人。」

「你這麼說，我會傷心呀。」眾人身後突然傳出一道聲音，誰也沒想到打開的廁所門裡，又多了一個人。

封蕭生蹺著二郎腿坐在馬桶上，姿態愜意，唇角揚著淺笑，不過真正令眾人震驚失色的是——他的身旁站著拿刀詭笑的女冰棍，刀上甚至纏著鮮血和一把被割斷的凌亂長髮，女人瞋滿放大瞳孔的眼珠動也不動地盯著眾人，即將展開屠殺。

尖叫聲四起，劉智和葉子哥幾個人衝向門口想推開衣櫥，劉智怒吼：「我就說他有問題！」哪個人能夠若無其事坐在怪物旁邊!?

封蕭生撐著下巴，將眾人的反應盡收眼底，忽然道：「我建議別動那扇門。」

明明恐懼又懷疑，但封蕭生的一句話還是讓眾人倏地停下動作，彷彿這是至關重要的一句勸告。

封蕭生說道：「你怎麼知道那扇門是出口，還是入口呢？」

畢竟，可能是眾人逃生的出口，也可能是怪物進來的入口。

葉子哥聽懂了，頓時失去推動的力氣，跌坐在地，「完了、都完了……」

阿威在吵雜聲中朦朦朧朧地清醒過來，扶著後腦勺坐起，還不明白發生什麼事，轉頭看見廁所的冰棍時，嚇得顧不得頭痛，跳起來躲到劉智身後，嘴裡不停喊媽媽。

封蕭生看了眼腕上秀氣的錶，「還有七分鐘。」

劉智戒備地道：「什麼七分鐘？」

封蕭生將錶秀給他看，「還有七分鐘，就要九點了。」

葉子哥驚道：「九、九點？那不就是我們所有人都會……」

阿威瘋了似地衝向門口，不停用身體撞著衣櫃，「讓我出去！讓我出去！」

其他人奮力拉住阿威，有了封蕭生的告誡，誰還敢把門打開！

莊天然心想，門裡門外都不是出口，難道真的沒有辦法能夠逃脫嗎？

莊天然見封蕭生從容不迫，猜想他是否已有對策，虛心地問：「有什麼方法能夠破局嗎？」

田哥扯住莊天然，心虛地瞥了幾眼封蕭生，小聲道：「小莊，你沒聽到剛才劉智說的嗎？他該不會眞的是……」

莊天然搖頭。

「你怎麼確定……」

「我不確定。」莊天然說：「但他是站在我們這邊的，有幾次度過危機，都是因爲他暗中提醒。」

田哥想了想，拳頭擊掌心，「也對啊！如果不是大佬，我們未必能活到現在啊！」田哥很快把懷疑甩到腦後，眼巴巴地看著封蕭生：「大佬，你看起來一點也不擔心，肯定是早就有辦法了吧？快教教我們啊！」

封蕭生失笑，「正好，我有三個問題要請教。」

「啊？問我嗎？」田哥張大嘴，指了指自己。

「第一個問題，你進場後，第一個遇到的人是然然對嗎？」

田哥點了點頭，「對啊。」

「所以你是倒數第二個進場。」

田哥問：「怎麼了？這跟破關有什麼關聯嗎？大佬你就別賣關子了！」

封蕭生道：「現在你們應該已經懷疑，之所以卡關，是因爲案子還沒開始。」

田哥拚命點頭，「對啊、對啊！不會眞的是因爲有人還沒進場吧？」

「第二個問題，最晚進場的人，通常是如何得知案子呢？」

田哥道：「啊？先進場的人會告訴後來的人啊。」

「最後一個問題，如果最早進場的人，說謊了呢？」

田哥張嘴，又閉上，他瞬間懂了！「靠！最早進場的那個人，把案子藏起來了!?」他想了想，又道：「可是不對啊，就算凶手是最早進場的人，但他不會記得自己是凶手啊！爲什麼他要把案子藏起來？不破關就不能離開，這麼做對他沒好處啊！」

封蕭生回道：「或許，找出那個人就知道原因了。」

莉莉聽完封蕭生的分析，主動回答：「我是倒數第三個進場的，我進場的時候，田哥還沒入場，劉智要我們暗中觀察這個關卡有哪些玩家，所以我們躲藏在地下室。那時候葉子哥、阿威、大壯等人都已經在場，第一個入場的人就在他們之中。」

自我流一行人沉默，沒有半個人說話。

莊天然知道他們有所隱瞞，但沒有方向亦沒有證據，這才知道問題點可能就出在這裡。

如果說因爲失憶所以不知道送貨員是誰還說得過去，但不可能不知道誰最早進場——他們爲什麼要隱瞞這一點？

封蕭生等了會沒聽到回答，不禁笑道：「看來，你們很『團結』呀。」

劉智看了看團員，又看向封蕭生，「呵，我知道了，你是想把焦點轉移到我們身上？我們怎麼知道你不是第一個進場的人？別忘了，在清潔關卡，你超過時間離開房間卻沒事——我早就懷疑了，你是不是已經破過那一關？」

葉子哥恍然大悟，「原來是這樣！只要曾破過，就不用再破第二次，所以你才能這麼晚離開！其實你就是那個最早進來的人，只是躲在房間，假裝跟我們同時過關！」

他們齊齊看向封蕭生，這時，封蕭生竟然點頭贊同：「很好的推測。」

他們一愣。

「不過，你們不是一直想知道，這一關的新手待遇到底是什麼？」

封蕭生忽然不明所以地提起，劉智和葉子哥戒慎地看著他，懷疑他是否又想故弄玄虛。

「新手待遇是，關卡時間比你們長，比方說，限時十分鐘，而我有兩倍的時間，所以不必著急，不是嗎？」

劉智瞬間面色鐵青，臉上是前所未見地錯愕。

封蕭生莞爾道：「我呀，才是這關的新手。」

全場頓時安靜。

眾人還處在震驚之中，劉智止不住激動道：「少唬我了！你這個樣子，怎麼可能是新手!?」

封蕭生聳肩，「讓你失望了，事實如此。」

劉智不敢置信，覺得備受羞辱，居然一直以來都被一個新人耍得團團轉，如果是老手就算了，但居然是個新人!?

劉智氣急敗壞，「我不信！你在說謊！」

封蕭生慢條斯理地看了看錶，「還有三分鐘，三分鐘後就知道了。」

劉智見封蕭生氣定神閒地坐在女冰棍身旁，即使不願相信也有些動搖，如果不是有把握自己不會死，誰會拿命開玩笑？

劉智的拳頭倏地握緊，轉頭指責莊天然，「好啊，原來騙人的是你！說什麼正義的警察，還不是個騙子！一個案子只會有一個新手，你根本不是新手！」

莊天然徹徹底底地茫然了。

嗯……原來我不是新手？

田哥滿臉驚嚇，下巴張得都要落到地上，莉莉則微微瞠目，不過很快恢復冷靜，等待莊天然解釋。

全場唯獨莊天然面無表情，但誰也不知道此刻他內心波濤洶湧。

這時，封蕭生忽然道：「然然，你提過你的進場場景和所有人不同，是在箱子裡，對吧？」

莊天然點了頭。

封蕭生又問：「在這之前發生過什麼事？」

莊天然回憶起當時，緩緩地說：「我半夜回家，有送貨員按門鈴，我收了東西，沒發現送貨員躲在家裡，然後他從背後把我打暈，我醒來就在這裡，被關在箱子裡。」

封蕭生聽完卻搖頭，「你還記得進入關卡的三個條件嗎？深夜，四下無人，開門。」

莊天然困惑，不明白封蕭生為何突然提起這個規則。接著，封蕭生說出他從未想過的真相——「然然，從你替送貨員開門的那一刻，你的第一關就開始了，你說你最後被送貨員打暈，事實上，你當時應該死了，你的第一關就此結束。」

「等等，大佬！」田哥聽不下去，忍不住插話：「小莊現在不是好好地站在這裡嗎？怎麼可能死了？還、還還還是說……其實他才是冰棍!?」

所有人頓時退離莊天然三公尺遠。

莊天然愣住，內心更加茫然且困惑。

嗯……難道我是冰棍？

封蕭生噗嗤一聲，眉目含笑，「當然不是。你闖關失敗卻沒有死，而是直接來到下一關，那麼很顯然，這就是你的新手優待。」

眾人頓時恍然大悟，原來他的優待是多一次機會！

田哥鬆了口氣，與莉莉對視，兩人不約而同笑了出來。

莊天然過一會也明白過來，困惑已久的問題終於得到解答，讓他放心不少。

放鬆的氣氛一下子感染所有人，就連自我流一行人都聽得投入，等劉智發現自己不知不覺被封蕭生的話帶著走時，連忙回神，找回場子。

劉智指著封蕭生，「你們看他說得頭頭是道，哪裡像新人？」

封蕭生謙虛道：「規則和線索都是從各位身上聽來的，加以推斷才得到結果。」

田哥聽完湊過去，「不過大佬啊，不對，現在應該叫聲哥，封哥啊，你到底是怎麼推理的？怎麼能猜得那麼準！」

「觀察。」

「哈哈哈！只要觀察？怎麼可能！我兩眼二點零，那我不是神通了？」

封蕭生莞爾，「舉例來說，田哥，你是不是進來遊戲以前就有對象了？」

田哥大大「啊」了一聲，莉莉迅速轉過頭來，不敢置信地看著兩人，田哥立刻原地跳起，「不不不！老子光棍一條！什麼老婆啊、女人啊，一個都沒有！封哥，你這可猜錯了。」

「你天天刮鬍子嗎？」

田哥不明白封蕭生為何突然換話題，撓了撓頭，「幹嘛天天刮啊？麻煩死了。」

「只要進入遊戲之後，年齡、生理都不會再有所成長。」封蕭生指著田哥的下巴，「你的鬍子刮得很乾淨，不像出於你的手筆。」

田哥一愣，「有可能只是我進來遊戲那天剛好刮鬍子……啊！對了！不是說我是從廁所進來的嗎？那時候我一定就是在刮鬍子！」

「還有一點。」封蕭生指向田哥的無名指，「你的手指，有戒指的曬痕。」

田哥怔怔地看著自己的無名指，確實有一圈不明顯的淺色痕跡，他舉起手，這回是真正納悶了，「奇怪……老子什麼時候戴過戒指？」

「也許是遊戲消除了你的記憶。」

田哥這才驚覺，他以為自己一身清白，但可能不是如此……難道他真的結過婚？

田哥越想越覺得好像真有那麼一回事，記憶中好像曾經有過……

莉莉忽然一把揪起田哥的領子，田哥怕得緊閉上眼，對莉莉下跪求饒，「大姊！饒命啊！我眞的不知道啊！我記憶裡就一直是光棍一條，不然我怎麼追妳呢？」

莉莉沉默不語，田哥這才悄悄地睜開眼睛，竟意外看見莉莉雙眼通紅，咬唇隱忍情緒——這個面對冰棍毫無畏懼、不曾掉過淚的女人，此刻居然紅了眼睛。

田哥頓時手足無措，一方面驚慌，一方面又爲心儀女人的動搖暗中感到竊喜，「咦、咦？妳怎麼哭了？妳也對我有意思？啊、不是！我不是這個意思！我是說，老天爺啊，我發誓我眞的不知道自己有什麼妻小！」

莉莉惡狠狠地說：「那你就忘了。」

「啊？」

「永遠不要想起來，至少，在這場遊戲裡。」

田哥望著莉莉，看她咬緊牙關說得堅決，忽然明白莉莉始終對他不冷不熱的原因——即使他成功追到她，他們的感情也僅限於這場遊戲，因爲就算這場成功過關，下一場、下下場，他們未必能再相遇，更別說活下去。

這一關之後，也許就是天人永隔。

莉莉鬆開手，轉身面向牆壁，不讓任何人看見她的表情。田哥跌坐在地，失魂落魄。劉智冷冷看著兩人你來我往，漠不關心。

他諷笑一聲，對封蕭生說道：「演技不錯啊？把我們騙得團團轉，假裝是大佬，還不就是一個新人。」

葉子哥瞟了一眼劉智，兩人眼神交換後，葉子哥也跟著道：「對啊，你是不是還隱瞞了什麼？這下誰還敢信你啊……」

莊天然知道這是他們的慣用伎倆，只要抓到一點苗頭就會開始挑撥離間，讓其他人對某個人產生懷疑，等其他人失去凝聚力，他們便能從中陷害，一個個暗地裡除掉。

莊天然擋在封蕭生面前，「處境危險，他會自保很正常。」

劉智大笑出聲，「哈哈哈！你還幫他說話？他一直在你身邊裝老手你都不知道，跟傻子一樣相信他，就是他才害你被當成新手，被其他人針對，差點被害死都是因爲他，這樣你還相信他？你不會是眞的傻吧？」

莊天然平靜地說：「不是因爲他。」

「嗯？」

「你說的所有惡習，都是因爲你們。」

「你！」

「這就是我不說的原因。」封蕭生抓住莊天然的手，將他拉到身後，劉智警戒地退後一步，提防封蕭生下一步舉動。

接著，封蕭生另一隻手也拉住莊天然，癟起好看的唇，可憐兮兮地說：「然然，你看，他們一知道我是新人就開始欺負我。」

莊天然立刻看向劉智，「難道你們沒當過新人？」

劉智頓時啞口無言，「不是，我不是因爲知道他是新人才針對他的好嗎!?」

「誰都有從頭開始學習的時候。」

「你有在聽我說話嗎？」

這時，一隻顫抖的手抓住劉智，始終盯著廁所不放的阿威恐懼地道：「你們別說了……『她』是不是動了？」

廁所裡的女冰棍扭動僵硬的脖子，「喀、喀、喀……」發出骨頭摩擦的聲音，伸長手臂，用繞滿凌亂髮絲的刀尖指著所有人。

封蕭生看了眼錶，「九點了。」

女冰棍咧開笑容，眾人這才發現她的嘴裡也有一團凌亂頭髮，她不斷喃喃重複道：「零票、零票、零票、零票、零票、零票、一票、一票……」

「她在報票數！開票了！」

「有人一票！有人被投了一票！」

女冰棍的報數聲戛然而止，她瞬間扭頭看向阿威，持刀朝他衝來。

「不要！不要！不要過來！媽媽！媽媽！」阿威抱住頭失控哭喊，褲襠逐漸濕暈開來，尿了一地。

這時，半路殺出個程咬金，莊天然擋在阿威面前，女冰棍一刀扎進他的手臂！異常的猛勁不僅刺穿莊天然，更讓他向後摔在阿威身上，鮮血噴灑滿地。

封蕭生垂頭看落空的手掌心，剛才他明明拉住了莊天然，卻還是被他掙開。

女冰棍抽出刀，正要再次朝阿威揮砍，忽然停頓一下，轉頭，漆黑的瞳孔盯著莊天然，喃喃自語道：「一票、一票……一票、一票……」

葉子哥指著莊天然驚叫：「是他！他才是那個一票！」

阿威猛地推開身上的莊天然，連滾帶爬地爬起身，逃離女冰棍面前。

莊天然捂著出血的手臂，滿額冷汗，與女冰棍無聲對峙。

古怪的是，女冰棍竟沒有動手，嘴裡喃喃唸道：「一票、一票……一票、一票……」接著轉頭，踩著僵硬的步伐回到廁所，消失在眾人眼前。

葉子哥驚呼：「爲什麼！」

封蕭生緩緩走到莊天然面前，「她報數的頻率，六次零票，兩次一票，表示八人之中，有兩個人一票，平手。」

封蕭生一面說，一面掀開自己潔白整齊的襯衫，撕下一塊布，綁住莊天然的手臂。

封蕭生打結，使勁一拉，「唔！」莊天然吃痛喊出聲。

封蕭生神色如常，問道：「你救了他，得到什麼？」

莊天然忍著劇痛，渾身被冷汗浸濕，模樣狼狽不已，語氣卻依舊堅定：「良心。」

「哦。」封蕭生抬頭，眼眸微彎，笑意教人摸不清思緒，「那我幫了你，能得到你的心嗎？」

「我居然有一票！你們誰投我!?你們背叛我！」阿威瘋了似地對著團員大叫，四周家具被踹得東倒西歪。

葉子哥大喊道：「阿威！你冷靜點！我們怎麼會投你？一定是其他人投的！」

阿威猛然衝到葉子哥面前，撞向他的胸膛，「少裝了！你知道、你一定知道！不然你怎麼會說有我的把柄！」

「我什麼都不知道啊！我說的把柄是我知道你背著劉智跟美青搞在一起！」

阿威愣了下，轉頭看向劉智，劉智一語不發，情緒深不見底。

阿威神情一變，「哈、哈哈哈！那又怎樣？你們有人背叛我！我現在什麼都不管了！」他忽然轉頭看著莊天然，臉上滿是諷刺的笑意：「你也別高興得太早，自我流的人都知道你不是凶手和家屬，他們不可能投你！所以你自以爲是『同伴』的人裡面，有人投了你！」

田哥和莉莉互望一眼，兩人的神情都是不明所以。

封蕭生說道：「知道他不是凶手，也有可能投他。」

阿威哈哈大笑，「騙誰啊！投錯的人也會死，誰會投他？」

「我啊。」封蕭生微微一笑，「因爲投他的人是我。」

莊天然愣住。

田哥不敢置信，「封哥！你爲什麼!?」

「哈哈哈！」阿威彷彿陷入癲狂，「果然不是只有我被背叛！你們都不能相信！」

劉智沉著臉，終於出聲：「阿威，你冷靜點，不是我們投的，應該是美青那個女人，她一直說自己身上有證據……」

劉智還沒說完，便被阿威激動地打斷：「不可能是她！」

「你……」

「呵，我知道了，你不甘心對吧？她表面上跟你在一起，其實眞正愛的是我！你不知道她跟我在一起就是個小女人，跟對你們的態度完全不一樣……」阿威得意洋洋地說。

劉智搖頭嘆氣：「阿威，從頭到尾，我就沒信過她。」

「你說什麼？」

「你說她愛你？就因爲她跟你睡過？我告訴你，她跟我們所有人，誰沒睡過？」劉智邊說，邊看向葉子哥。

阿威表情瞬間僵硬，看著愣住的葉子哥，瞳孔圓睜。

劉智拍了拍阿威的肩，「你忘了我跟你說過？我會幫你，別擔心，我不介意那個女人跟你們的事。」

阿威眼眶發紅，甩開劉智的手，「我不信！你在騙我！是你們不懂！她是眞的愛我！」

「這是那個女人慣用的伎倆，不只用身體，還假裝只爲你付出，實際上跟所有人都搞過……喔，不對，我差點忘了，除了你以外。」劉智看向小夫，嘲笑道：「因爲她知道你不行，哈哈哈。」

小夫捏緊手機，渾身顫抖，滿臉漲紅，彷彿即將爆發的火山。

劉智卻絲毫不以爲意，笑容依舊，「顧好它，別捏壞了，否則……你知道會發生什麼事。」

小夫頓時一句話也說不出，只能恐懼又絕望地盯著劉智。

阿威仍處在震驚之中，四處摔壞桌上的物品，「不可能、不可能！一定是你在騙我！她愛我，她只愛我！」忽然阿威轉頭看四周，「她人呢？美青呢？」

看見封蕭生時，阿威衝過來揪住他的衣領，「你是我們之中最後一個進來的，你把她一個人丟在上個房間!?」

封蕭生任憑阿威劇烈搖晃，仍舊斯文有禮：「正確來說，我們是各自行動，友好道別。」

「她人在哪裡！」

「這個嘛……」

說時遲、那時快，門外傳來「砰砰砰」急促的敲門聲，同時有人大喊：「救命、救命啊！快開門！」

是美青！

阿威奔向門口，封蕭生站在原地，靜靜地拋出一句：「勸你別開。」

「你又要說有冰棍是吧？那又如何！她有危險，難道你要看她送死？」

「你沒發現，衣櫃不見了嗎？她在誘導你開門。」

眾人這才發現擋在門口的衣櫃不知何時消失了，正覺得毛骨悚然，阿威卻在美青的哭喊中早已失去理智，執意握住門把，準備扭開房門——突然，一隻手掐住阿威的脖子。

阿威艱難地回頭，發現是葉子哥。

葉子哥神情凝重，「別開。」

「你也要丟下美青不管!?」

「冰棍很可能就在附近！開門的話，我們所有人都會死。」

阿威看著葉子哥，兩人眼神對峙，忽然間，阿威一咬牙，不顧不管地轉開門把！

葉子哥大驚，趕緊牢牢握住他的手，使勁往前推，不讓他拉開門。

在兩人爭執不休之際，身後傳來一句沉穩平和的話語：「門外那個不是她。」

「你在說什麼……」

封蕭生指向兩人身後，「因爲她在床底下。」

阿威和葉子哥同時停頓，緩緩扭頭，彎下腰，看向漆黑的床底——美青趴在床底，臉色慘白，長髮散亂，髮絲參差不齊，臉上有被啃食過的痕跡，大大地睜著死不瞑目的眼睛，像是死前見過地獄般恐怖的場景。

「美青！美青！」阿威哭喊。

此時，美青忽然動了，緩緩露出笑容。

她的瞳孔擴大布滿眼球，嘴裡長出尖牙，嘴唇咧到耳邊，發出「嘻嘻嘻……」的笑聲，阿威倏地不敢向前，驚恐地退後好幾步。

「砰砰砰！」門外的敲門聲仍然在持續，這回換作大壯的聲音：「開門啊！快開門！開門！開門！開門！」

同時，牆壁傳來猛烈的撞擊聲，就連天花板都砰砰作響，四處全是死去玩家發出的叫喊。他們已經不再是人類，成了殺人的怪物，而且數量越來越多，將剩下的玩家團團包圍。

莊天然耳邊充斥著雜亂無章的聲音，即使有捆綁止血，手臂依然流下血痕，眼前布滿黑點，只能堪堪靠在牆邊小憩。

冰棍即將衝破房間，他們將全軍覆沒。

「看來，遊戲快結束了。」封蕭生扶著莊天然，對眾人說道：「在遊戲中，死去的玩家變成怪物，隨著玩家一個個死亡，變出越來越多怪物。」

「你們說，只要不是直接殺人，利用意外間接殺死玩家，就不會反噬到自己身上？」

「不，你們做的每件事，都會回歸到自己身上。」

封蕭生抬手指向門外，彬彬有禮的舉止，像是迎接賓客的主人。

「他們回來了，現在，輪到你們了。」

1
你這麼可疑，一定是凶手！
你說我是凶手……那如果我說你是凶手，你覺得大家會信誰？
2
你……！
3
然然，他凶我><
4
誰欺負誰了!?
你為什麼要欺負他？

09 解鎖

四面八方的敲擊聲無止無盡，整個房間甚至開始震盪，葉子哥惶恐地問劉智：「劉哥，我們現在該怎麼辦？」

劉智垂眸看著地面，皺眉道：「不可能沒有出口。」

「出口在哪裡？現在到處都是冰棍！」阿威吼道。

「你沒開門，怎麼知道外面是冰棍？說不定只是嚇唬人的把戲。」劉智看向小夫，小夫露出惶惶不安的眼神，劉智說道：「小夫，你去外面看看。」

小夫拚命搖頭拒絕，節節後退。

「叫你去就去，廢話這麼多做什麼！」葉子哥推了小夫一把，小夫直接撞到牆上。

幾個人盯著小夫，小夫抖得厲害。劉智見狀，由上而下掃視小夫的身體，冷笑一聲：「難道你有選擇權嗎？」

小夫瞠目，抱住腦袋大叫，一群人冷眼看著他，莊天然看不下去正要制止，小夫忽然間高舉手機，按下播放鍵——螢幕上是行車記錄器畫面，夾雜著不少雜訊，一開始車身在山中左彎右拐，急速奔馳，接著猛地「砰」一聲，撞到了人！沒多久，隱約可見一道穿著送貨員制服的人影匆忙下車，臉部模糊得只剩發白的輪廓，分不清男女，接著人影將地上不知是死是活的軀體拚命拖到白色送貨車上，一路上拖得斷斷續續，好幾次摔了軀體，留下一地血痕……

阿威忽然暴怒，撲向小夫，揮拳猛揍，「你居然！你居然敢！是不是你背叛我！是不是你！」

小夫鼻子出血，滿臉淚水和血水，哭喊著：「不要打我、我不知道！我不想死！我只想破關！」

莊天然正要抓住阿威的領子，想不到竟是劉智先出手，按住阿威的肩膀，制止他的暴行。

劉智說道：「我想幫你，你爲什麼要自己暴露？」

阿威愣了愣，霎時明白什麼似地，萬念俱灰。因爲他這才發現，自己過於衝動的行爲無疑暴露了身分……

葉子哥驚道：「劉哥……難道，那個人是阿威？阿威就是送貨員!?」

劉智面色凝重，不置可否。

葉子哥簡直不敢置信，「你早就知道了？爲什麼不說！」他們之所以明知道凶手就是送貨員卻沒有投票的原因，就是因爲不能確定送貨員是誰！

劉智喝斥道：「我不是說過了，我們是一個團隊！團隊裡有人殺人……你覺得我們還能經營下去？不要說我們的百萬觀眾，你別忘了還有十幾個贊助商，違約金你付得起？自我流是我一手創立的，誰也不能毀了它……」

葉子哥啞口。身爲負責人的他很清楚，他們正當紅，平均每人一個月都能分到幾十萬甚至破百萬的收入，如果爆出醜聞，他們團隊的名譽會毀於一旦，不只是那些百萬觀眾，還有十幾位贊助商，光是違約金就高達數億元，誰也承擔不起這個鉅額損失。

一開始進關卡他們就從手機裡看到了這支影片，雖然人像太過模糊，看不出凶手是誰，但卻喚醒了他們的記憶——當時他們都在現場。

那天他們在金寶山錄製影片，內容是極速飆車，所有團隊成員輪流跑山，看誰花最短時間折返。

他們自我流有一項特色，每位成員都兼具一個職業身分，這也是他們爆紅的原因，除了網紅、網美以外，他們還有送貨員、大學生和業務員等等，各自代表一個族群，因此深受許多群體的觀眾支持。

那晚他們進行賽車競賽，顯而易見地，身爲「送貨員」的那名成員撞死了人。

由於遊戲機制，他們誰也不知道誰是送貨員，誰都有可能是凶手，而且不論誰是凶手，整個團隊都會被拖下水，這就是他們看到行車記錄影片卻閉口不提的原因。

葉子哥問：「你是怎麼想起阿威是送貨員的？這支手機是你的，除了行車記錄影片外，你是不是還在手機裡面發現了什麼？」

劉智點頭，拿過手機，點開網站瀏覽記錄，「我在瀏覽記錄裡發現這個連結。」說完，劉智點開連結，手機裡傳出新聞主播清晰的播報聲——

「昨日台市發生一起駭人的分屍案，清晨一名清潔婦在路邊發現裝了不明屍塊的黑色垃圾袋，嚇得立刻上報警局。由於屍體面目全非，警方經過一番檢驗，才發現死者是數日前被報案失蹤的王姓男子，該男子於金寶山的一處工地上班，從前天下班報平安後便失聯至今。古怪的是，金寶山與台市距離遙遠，相差多達兩百多公里，凶手爲何不將屍體埋藏於隱密山林，而選擇將屍首帶到遙遠的異地，並且放置在容易被人察覺的街道？警方懷疑另有隱情，一切正密切追查當中……」

新聞播報完畢，眾人臉色不一。

葉子哥先是震驚，接著轉爲錯愕，喃喃自語道：「我想起來了……我居然忘了『那件事』……」

「你到底想起來什麼啦？話都你們在說就好了啊！」田哥急吼吼地道：「原來凶手就是

你們藏起來的！還自己在那邊討論，現在到底是怎樣？快點把關鍵線索交出來，不然大家一起死啦！」

田哥雖然被這群殺人兇手和共犯氣得牙癢癢，但也無可奈何，即使知道兇手是誰，他們也不可能殺人，估計就是仗著這點，這群人才會肆無忌憚地在他們面前討論。

現在只有盡快找出關鍵證物，並且銷毀，才能破關離開遊戲。

莊天然面色嚴肅，看著絕望的阿威，一字一句道：「事到如今，你已經逃不掉了，你有權保持沉默，但從現在起你所說的每一句話都將成爲呈堂證供。你對這件案子知道多少？立刻從實招來。」

阿威揪住頭髮，自顧自地解釋：「不是我的錯！是他突然衝出來！是他害我撞到！是他的錯！」

莊天然說：「我並沒有說你有罪。」

全場忽然安靜。

「在還沒有確切證據證明影像中的人是你之前，你都無罪。所以，請詳述案發過程。」

阿威瑟瑟發抖，惶恐的神情彷彿暴露一切，因爲他除了認罪，無話可說。

阿威忽然哭了出來，「媽媽、媽媽……」

阿威跪地痛哭，哭得泣不成聲，「你們都背叛我……只有她們眞的愛我……媽媽！美青！」

他紅著眼看著劉智，血絲不知是因爲淚水還是恨意，「你不是說她不愛我嗎？你錯了！她早就知道我是送貨員！她發現這麼重要的證據，卻沒有交出去，只有她不會背叛我！只有她……」

「並不是他們背叛你，做壞事被發現只是剛好而已。」封蕭生蹲下身，笑著問：「我問你，當時你開的，就是那台白色送貨車對嗎？」

阿威激動地推開封蕭生，「關你什麼事？你想怎樣！你想知道眞相是不是？對啊！就是我！你們能拿我怎樣？有種殺了我啊！」

封蕭生被推搡一把，依舊不慍不火，溫和地說：「沒事，只是想請教，你說的是這張貨運單嗎？」

阿威驚愕失色地看著封蕭生手中的粉紅色紙條，搶過來一看，的的確確是一張貨運單，送貨員的名字寫著：「張顯威」。

是他的名字。

這就是美青找到的證據。

阿威撕碎那張貨運單，怒吼：「怎麼會在你手上!?」

封蕭生聳了聳肩，「或許是你猜錯了，不是只有她不會背叛你。」

「啊啊啊！」阿威崩潰大叫，失控地衝向牆壁，一頭撞碎窗戶，「砰！」玻璃應聲碎裂，阿威滿臉是血，涕淚縱橫，彷彿流著血淚，此時的他比怪物還駭人，瞠大眼睛，憤恨地說：「我要殺了你們……我要你們跟我同歸於盡！」

阿威抓住尖銳的玻璃碎片，朝眾人急奔而來，首當其衝就是封蕭生。

封蕭生輕鬆側身閃過，阿威卻毫無察覺似地繼續朝其他人揮舞利刃，此時的他已經徹底失去理智，逢人便砍，即使掌心被玻璃鋒利的邊緣割得鮮血淋漓也沒有停止。

莊天然想制伏阿威，無奈左手重傷，只靠單手無法壓制陷入瘋狂的罪犯，他跟著阿威，保持三步的距離，進可攻退可守，等待時機隨時準備將他制伏。

對峙期間，葉子哥沒閃好，手臂被劃破一道，他痛得號叫，用盡全身的力道撞開阿威！

阿威向後仰倒，腳步沒站穩，直接摔向滿地玻璃碎片，背部被無數利器刺穿，他慘叫一聲，渾身抽搐，不知是死是活。

莊天然趕緊向前查看，還沒測他的鼻息，事情已發生在轉瞬之間——

「磅！磅磅磅！」葉子哥掄起椅子，往阿威的腦袋猛砸，甚至連砸了好幾下。

「你做什麼！」莊天然推開葉子哥，轉身看阿威，阿威整張臉被砸得稀爛，已經徹底沒救。

兇手死了。

莊天然默默抽起桌上的白布，蓋在阿威臉上，他沒有關卡終於結束的解脫，更沒有懲治兇手的快意。

葉子哥脫力地跌坐在地，突然笑了起來，「哈、哈哈！他本來就該死了！只要他死了，我們都能離開……」

莊天然沉聲道：「你不該這麼做，他的罪應該由法律推斷。」

「法律、法律、法律！早就告訴過你了，這裡根本沒有法律！我問你，在這裡法律保護了誰？有誰因此活下來嗎？」

莊天然安靜一會，說道：「但很多人會死都是因爲有人犯了罪。」

所有人陷入沉默，一分鐘……兩分鐘過去，通關的音效始終沒有響起。

忽然，田哥害怕地指著牆上，「你、你們看後面……」

牆上多了一幅照片，是阿威的臉，眼睛始終盯著所有人，流著血淚。

關卡沒有結束。

劉智深深皺眉，明顯焦躁起來，「怎麼回事？他不是死了嗎？」

葉子哥方寸大亂，「怎麼會？怎麼可能？」

「啊！」小夫失聲尖叫，因爲一隻手穿透他身後的牆面，想抓住房間裡的獵物。

那隻手撲了空，又縮回去，從破洞裡露出詭笑的眼睛，窺視房裡的一切。

「不知道！」

「快！他們快衝進來了！先不管凶手了，關鍵證物在哪？你們快交出來！」田哥吼道。

「什麼？」

葉子哥回吼：「我說不知道！我們也一直在找，找到就破關了，幹嘛等到現在！」

田哥愣了愣，說的也是，自我流的策略就是先毀掉證據或殺死家屬，如果他們身上有關鍵證物早就毀了，怎麼可能留到現在？

「現在怎麼辦……沒救了……」田哥怔怔地說。

「有兩個方向，第一，爲什麼凶手死了，關卡卻沒有結束？第二，關鍵證物是什麼？」

莊天然拍拍田哥的肩，「田哥，不是沒救了，而是還有兩個解法。」

田哥哭笑不得，「小莊，眞佩服你還能這麼冷靜，不過我怎麼聽完好像覺得好多了……」

莊天然朝劉智比了比，「再讓我看看那個影像。」

劉智點開影片，一群人圍著看行車記錄，仔細研究細節。

莊天然赫然發現不對勁，「這個行車記錄拍攝的角度不對。」

田哥驚喜道：「哪裡不對？小莊，你有想法了嗎!?」

「爲什麼行車記錄會拍到貨車正面？照理說，記錄器放在車裡，應該拍不到。」

田哥的熱情一下子又被澆熄了，喪著臉說：「小莊，我不是告訴過你了？遊戲會重演一遍案發過程，它八成只是透過這段錄像讓玩家知道案件經過，並不是眞正的行車記錄，不然這個直接就是關鍵證據了吧？」

莊天然喃喃道：「特意拍原本應該拍不到的車頭，難道不算是線索嗎……」

當莊天然思索時，劉智又點開下一個新聞連結，葉子哥看著看著，表情忽然間變得驚恐：「我知道了！我知道爲什麼了！劉哥，你看完新聞還沒發現嗎？」

劉智蹙眉看著葉子哥，不解他激動的反應。

葉子哥大叫：「凶手不只一個！」

這回，不只田哥，就連莊天然也震驚了。

「什麼？」

葉子哥知道事到如今隱瞞對他們毫無益處，於是說起「那件事」的經過——

「那天我們在金寶山上錄影，組隊比賽飆車，遊戲規則是四個人分成兩隊，每十分鐘派出一個人繞山一圈，最後統計兩隊所花的時間，看哪一隊花最短的時間回來……」

美青是當天受邀的特別來賓，她和劉智一組，代表的是網紅圈，而葉子哥則和阿威一組，代表的是社會圈，也有人說是網紅和社畜的對決。

當時阿威信心滿滿，說自己送貨經常跑山路，穩拿第一，在觀眾群裡呼聲很高，因此擔任影片壓軸。

美青作爲特別來賓先開場，第一趟跑完大約四十多分，而第二趟輪到葉子哥，只花了二十多分，大獲全勝，還被美青的粉絲在留言區罵得很慘；第三趟劉哥花了三十分左右，由於總計慘輸五十分，當時所有人都以爲社會圈贏定了，阿威再怎麼樣也不可能超過五十分還沒回來吧？

但是，三十分……四十分……五十分……六十分過去，阿威始終沒有回來，他們才察覺不對勁。

他們停止錄影，讓美青和觀眾互動，說是網紅圈的勝利，觀眾都以爲是節目故意製造峰迴路轉的效果，紛紛調侃阿威是不是故意開慢了，還是跑去吃宵夜了。

趁著美青轉移注意力，他和劉哥在山上到處找，最後在路途中發現一灘血跡，地上還有一道車輪匆忙駛離的痕跡，從胎痕能看出是大型車，是阿威的貨運車。

當時他們立刻猜到阿威出了車禍，可能撞到人，逃走了……

「大概就是這樣。」葉子哥交代完畢，抹了抹額角的汗，這番自白耗盡他全身的力氣。

莊天然沉默一會，忽然說道：「不合邏輯。」

葉子哥激動地說：「我該說的都說了！真的！」

「如果地上有胎痕，怎麼會成爲懸案？如果旁邊就是工地，隔天早上上班的人潮應該會發現血跡，查驗後就能得知被害人身分，不會被報失蹤。」

葉子哥臉色一陣青一陣白，支支吾吾說不出話。

劉智開口：「我們洗掉了。」

「劉哥……」

「我說過，我不會讓自我流毀在任何人手上！」

莊天然：「湮滅證據，知情不報，你們都是共犯。」

劉智不滿莊天然的指控，「你不懂！今天如果是你，你會眼睜睜看著自己一輩子的事業和心血毀在別人手上嗎？這是阿威的錯，不是我們的錯！」

他說得慷慨激昂，認爲自己所作所爲都是爲了團隊。

莊天然聽完搖了搖頭，臉色因失血過多而蒼白，字字句句卻無比清晰：「你們欺騙觀眾，辜負他們的期待，打從案件發生的那一刻，你的團隊就已經毀了。不只如此，你口口聲聲說是爲了團隊，但在這裡，你們不只害死無辜的民眾，甚至害死自己的團員！你們每一個人，都是殺人犯。」

面對莊天然義正辭嚴的態度，劉智和葉子哥再也無法辯駁，只能沉默以對。

莊天然知道，這裡沒有執勤車將他們送往警局，他能做的只有解開案子。

他不再看那兩人，甩了甩頭，試圖讓自己清醒一些，專注地思考目前的線索，雖然對案件有了初步了解，但還是有幾處未解開的疑點——

「爲什麼他最後選擇路邊棄屍？還有，你們說的另一個凶手是怎麼回事？」

莊天然心想，從他過往的經驗分析，有些初犯會在犯案後亂了方寸，急忙將屍體丟棄在山中或是海裡，但這起案件中，屍體最後的狀態是被分屍。

這點足以證明凶手犯案後依舊具有思考能力，想透過分屍來掩蓋車禍的痕跡，爲的是擾亂警方的搜查，把方向推往近期常發生的無差別殺人案，進而擺脫自己的嫌疑。

但，既然凶手思路清晰，甚至做足準備，爲什麼最後要將屍袋拋棄在人來人往的大街？

另外，目前所有線索看來，只有阿威一個人犯案，爲什麼他們會說有第二個凶手？

葉子哥和劉智互看一眼，劉智點頭，葉子哥開口道：「我們在新聞上看見了。」

莊天然看向葉子哥，葉子哥發覺自己竟無法直視對方清澈的眼睛，默默轉開了目光，「畫面上那個發現屍體的清潔婦，是阿威的媽媽。」

莊天然瞳孔微縮。

葉子哥點頭，證實了莊天然的猜測，「所以我們懷疑這個屍袋很可能就是阿威撞死的人，阿威本來就是個媽寶，開口閉口都是他媽，大概是把屍體帶回老家給媽媽處理了。」

「後來我們逼問他，他很害怕，一下子全部交代了。」

「果然，那天他把屍體帶回家，他媽媽要他不要告訴任何人，他媽媽把屍體剁碎，裝進垃圾袋，隔天清晨假裝是打掃的時候在路邊發現。因爲她是清潔婦，清潔婦時常在路邊發現野貓野狗的屍體，所以成爲案件第一發現人很自然，即使警方將第一發現人列爲嫌疑人，她也能用各種說辭和做法規避。」

「所以我才說，還有第二個凶手，就是他媽媽。」

莊天然皺眉，耳鳴聲作響。

葉子哥對著所有人說：「你們沒發現嗎？這個遊戲有兩個冰棍！第一個是送貨員，代表的是阿威，第二個就是那個『清掃房間』的女冰棍，很可能就是代表他媽媽！」

「不會吧……」田哥垮下臉色，「所以之前說可能還有人沒進場成真了？我他媽是要去哪裡找他媽媽!?」

「不一定，說不定她已經進場，只是躲起來！那傢伙不是也躲了很久才出現嗎？」葉子哥指向封蕭生，封蕭生回以微笑，摟著莊天然的肩。

莊天然腦子昏昏沉沉，依然努力思考。關卡再次陷入僵局，現在情況對他相當不利，他的傷估計只能再撐一到半小時，加上四面八方都是冰棍，床底下還有隨時可能詐屍的玩家，要去哪裡找一個素未謀面的婦女？

他正要問封蕭生看法，田哥卻忽然把莊天然拉開。

田哥緊扶著莊天然，把他拉到一邊，壓低音量問：「小莊，你還好嗎？」

莊天然點頭，「我沒事。」

田哥邊抬頭瞟封蕭生，邊小聲地說：「你不要離封哥……封蕭生那個人太近！你忘了，他不是投了你？想不到他居然背叛我們！虧我們這麼信任他……」

莊天然說：「他確實值得信任。」

田哥張大嘴，「小莊，你到現在還幫他說話？你差點就死了啊！人家說這個是什麼……愛斯基摩人症？」

「是斯德哥爾摩症。」

「喔，是斯德哥爾摩症……不對、那不是重點！你不會眞的被害上癮了吧？」

莊天然眯了眯眼，但田哥沒有看出他是在笑。

「他知道我不是凶手和家屬，卻還是投我，一定有原因。在投票之前，他告訴我：『最多兩票』，現在我懂了他的意思。」

田哥一臉沒聽懂的表情，莊天然繼續道：「他也許是透過什麼方式，得知有一個人會投給阿威，所以他才投我。」

「等等，我不懂這個邏輯啊，有人要投給阿威，跟你有什麼關係？」

「因爲要平手。」莊天然說道：「只有投給我，讓兩個人平手，才不會有人死。」

田哥再次張大嘴，又閉上，又張大嘴：「靠……我還眞沒想到，還有這種操作？」

莊天然點頭認同，他也沒想到可以這麼做。

這個人看起來置身事外，卻一再守住所有人。

田哥想了想，又問：「但我還有一點不明白，他怎麼能確定一定會有人投給阿威？如果沒人投呢？那你們不就死定了？投錯兩個人都會死啊。」

忽然一隻手從後方攬住莊天然的脖子，封蕭生懶洋洋地靠在莊天然的肩上，「那我們就一起死呀。」

田哥表情一悚，立刻往後退。

「開玩笑的。」封蕭生笑咪咪地從口袋拿出來一張紙條，在莊天然鼻尖搧了搧，莊天然聞見熟悉的味道，發現是美青的香水。

封蕭生把紙條打開給莊天然看，上頭寫著：投阿威。

封蕭生道：「昨天在口袋裡發現的，你們沒人收到，看來是打算攏絡我。」

田哥問：「她為什麼告訴你，不告訴其他人啊？他們不是一夥的嗎？」

封蕭生回道：「她不能確定誰站在阿威那邊，尤其她認為劉智知道凶手，卻從沒跟其他人透露。」

田哥恍然大悟地哦了一聲。

「現在最重要的是，解開最後的真相。」封蕭生抹去莊天然額上的冷汗，說道：「有兩個線索，足夠了。」

「封哥！你已經知道怎麼解了？你知道要去哪裡找那個大媽？」田哥激動又興奮。

「你回想剛才的行車記錄，那個人身上的衣物，沒有印象嗎？」

莉莉插話：「你們有沒有人覺得身體不適？是不是有什麼異狀？」

田哥回頭，看到莉莉臉色蒼白，嘴唇甚至微微顫抖，立時攬住她的身體，緊張道：「妳沒事吧？哪裡不舒服？」

莉莉靠在田哥身上，搖了搖頭，「讓我休息一下……」

「勁風工程。」封蕭生沒頭沒尾地道。

田哥聽見熟悉的詞，驀然一頓，「啊」了一聲，「我知道了！我終於知道了！我就想說我什麼時候跟這鬼命案扯上關係，原來是同事！」

田哥解釋：「金寶山只有一間工程負責，叫勁風工程，我不是說我之前也做工嗎？就是在這個勁風工程。我知道那邊有塊地最近在施工，這樣說我才想起來，那條路眞的很危險啊，完全沒有路燈，以前我好像也差點在那裡出車禍……不過，封哥，你怎麼知道那個人是我同事？連我在哪上過班都知道，這也太神了吧！你該不會也知道我國小哪裡畢業？」

莊天然經這麼一提，也想起一件事，從口袋拿出破爛的身分證，「你說死者可能是同事，那你再仔細看看這個線索，對死者有沒有任何印象？」

莊天然拿出的是之前從地下室的屍體身上搜出來的證件，現在多了一個關係人，或許能對案件有重大的突破。

田哥瞇起眼睛仔細看身分證，上頭的字模糊不堪，只隱約能看見一個「王」字。

「姓王……」

「咳、咳咳！」葉子哥忽然劇烈咳嗽，緊緊揪住心臟，呼吸困難，不停喘氣，「哈……哈哈……」他瞪大眼，似乎明白了什麼，「不……不……我不想死……」

莊天然想過去幫忙，封蕭生按住他，臉色是一貫的溫和，眼神卻不若以往充滿笑意，「是殺錯人的反噬。」

莊天然瞠目，一時不能明白。

葉子哥緊緊揪著胸口，在地上苦苦掙扎數秒，最後呼吸一哽，斷了氣。

劉智立刻遠離葉子哥，神態激動而焦慮：「難道現在真的必須找到他媽才能過關？要去哪找！」

小夫抱住腦袋，崩潰尖叫。身旁的人一個接著一個死去，難保下一個就輪到自己，無一倖免。

莊天然和田哥著急地看向封蕭生，封蕭生沒有回答任何人，而是看了看腕上秀氣的錶，說：「時候不早了，該結束了。」

莉莉看著封蕭生的眼神頓時變了，從原本的充滿肯定和信賴，變得只有恐懼。

封蕭生抬起手，對莉莉說：「這支錶，是妳的吧？」

莉莉冷笑，右手緊抓左手手腕，「你在說什麼？你是在暗示我跟阿威他媽有關？我有這麼老嗎？」

「我只是覺得妳看起來像家屬。」

「哈！反正我看起來就像已婚婦女？」

「家屬未必是夫妻，也可能是兄弟姊妹，不是嗎？」封蕭生慢條斯理地說，淺棕色眼眸彷彿洞察一切，將莉莉逐漸變得惶恐的神情盡收眼底，「妳怎麼知道家屬是『妻子』？王老師。」

「別說！什麼都別說！」莉莉衝過去抓住封蕭生的手，罕見地失去理智。

封蕭生垂眸看她，放下了手，「一個人不明不白地活著，不明不白地死去，或許是一種幸福，但妳無法保證他永遠不會清醒。」

封蕭生的指尖輕輕覆在莉莉手上，保持著禮貌的距離，安撫地拍了拍，「妳能夠護著一個人，但不可能護著他一輩子。」

莉莉痛哭失聲，自責不已，「我昨天晚上才想起來……爲什麼我昨天晚上才想起來？爲什麼我沒有認出他來！」

田哥在一旁看著兩人，卻不知該做何反應，他的思緒全被封蕭生手上那支紅色花紋的錶吸引過去。

那支錶越看越熟悉，再加上昔日的制服，模糊的人影，車禍，王老師……

田哥愣愣地轉頭，看向莊天然手中的證件，腦中自然而然浮現一個姓名。

王……

王……田……鑫。

他的全名是王田鑫。

他田哥的本名，正是王田鑫。

奇怪，他怎麼會忘記自己的本名？

田哥一怔，恍然間想起了一切。

10 他的名字

他叫田鑫，一個不折不扣的混混，直到遇上那個總是取笑他是「甜心」的女人，喊著喊著，就改變了他。

後來他們結婚了，他沒有家人，妻子是他的唯一。

妻子從以前就很照顧他，是他的家人，也是他的恩師。他十多歲就離家出走，日子過得很混，喝酒賭博，以爲自己很行，其實是個膽小鬼，外面人人喊他田哥，但誰都知道他只不過當人小弟，打群架充當墊背。

有一次他在便利商店門口喝醉酒，對著流浪漢自言自語：「你！你也想做高富帥對吧？我、我也想做高富帥啊！但我只能這樣了，這輩子都這樣了！」

流浪漢都被他嚇著了，默默把碗往後挪。

他注意到門口有紙箱，動手拆了，一面拆一面碎碎唸：「我不想做爛人啊，但我有什麼學歷？有什麼背景？我也只能做個爛人。」

拆完以後，他在紙板子上寫下三個字，大剌剌地擺在流浪漢面前。

流浪漢小心翼翼地看了看，發現上面寫著三個字：「我就爛！」

流浪漢敢怒不敢言，也不敢拿開，就這樣擺著。

奇怪的是，意外引來不少行人注目，接連好幾個人給他投入了一百塊，很快就賺了他平常整天收入的整整四、五倍。

流浪漢對著醉倒在門口的他拚命道謝，甚至還勸他：「大哥啊，你喝多了啊，早點回家吧，家裡還有人在等啊。」

醉醺醺的他聽了忍不住笑出來。哪有人在等啊？他十五歲就被父母趕出家門，現在孤家寡人一個，哪來的「家」啊？有也回不去了。他日子過得混，連流浪漢都看不下去……

忽然一道清脆悅耳的女聲說道：「誰說你只能做爛人？你想做不一樣的人嗎？我有辦法。」

他頭也沒抬，想著是哪個雞婆的女人，不屑地說：「什麼辦法？重新投胎？」

「跟我交往。」女人笑著說：「跟我這麼漂亮的女人交往，你的人生不就不一樣了嗎？」

「啊？」

他想是哪個女人說話這麼不要臉，比喝醉的他還要胡言亂語……一抬頭，先是看見一雙漂亮的腿，白色短裙套裝，前凸後翹的身材，最後是燦爛的笑容，這麼好看的女人他只有在檳榔盒子上見過。

這麼美麗的女人搭訕自己，天底下哪有這麼好的事？他只當對方在開玩笑或仙人跳，「老子沒什麼錢好騙！走開！」

女人笑了笑，把他從地上拖起來，「走，跟我去吃宵夜。」

女人態度強硬，把糊裡糊塗的他拉上車，請了他一頓，之後又開車送他回家。

他被拉來拉去，完全搞不清楚狀況，下車前搔著腦袋問：「這不是男人追女人的套路嗎？」

「追人就追人，哪有分男人女人？不管是女人追男人，男人追男人，女人追女人，都是一樣的。」

他覺得她這話有點怪，但喝得醉，聽她說誰追誰什麼都被繞暈了。

那天他們交換了聯絡方式，這女人老是對他說一些奇怪的話，還喊他一個人高馬大的大男人「甜心」，但他竟然還想聽她說更多奇怪的話，整天朝思暮想。

沒幾個禮拜，他們順理成章地交往了。

後來他才知道女人的名字叫作王莉莉，是個老師，難怪說話那麼文謅謅，沒人聽懂，還那麼凶，管他一天喝多少酒，偏偏他不敢不聽。

某天酒肉朋友約他出去，聽他現在一天最多三杯，超過不行，笑他根本是馬子狗。

「哈哈哈！三杯？你當喝水啊！」

「幹！管東管西煩不煩？我告訴你，女人這種東西跟狗一樣，打一打就聽話了！」

「對對對、不打還不知道誰是老大！」

他聽著這些人胡言亂語，突然覺得沒什麼意思，比莉莉的嘮叨還煩，還不如待在家裡聽她說話。

漸漸地，就跟他們斷絕來往了。

交往的半年紀念日，他問出苦惱已久的問題：「爲什麼妳那時候一見面就說要跟我交往啊？不會是覬覦我的身體吧？」

莉莉噗嗤一聲笑出來，「覬覦你的腎還差不多！」

他搔了搔腦袋，「所以是爲什麼？」

「因爲你改變了那個流浪漢的一天，所以我也要改變你的一天。」

他早就習慣她又說一些讓人不太懂的話，不過跟以前不同的是，他開始學會從中找出問題發問：「你要改變我的一天，也不用這麼犧牲跟我交往吧？」

「什麼犧牲？你情我願的事情。」莉莉笑了，「我也不知道爲什麼，但我知道我會喜歡你。可能是一個表情，一句話吸引到我吧，我就喜歡你這個樣子，可以說是個人喜好。」

他還是不能理解，但聽到她說喜歡他，忍不住嘿嘿直笑，十分高興。

他們很快便住在一起，莉莉不介意他沒工作，只要他負責做家事就夠了。

莉莉手把手教他洗碗、洗衣服，搞得他像剛學會做家事的孩子，但沒人教又確實做得亂七八糟，好幾次他挫敗地說：「妳不介意我沒賺錢？就在家裡做這些？」

莉莉問：「你覺得做這些事容易嗎？」

他想也不想地答：「哪裡容易啊？又累又講究，什麼白的要跟紅的分開洗，有些布料的衣服還要套網子，我哪分得出來什麼布料？而且洗完衣服還要煮飯，整個下午的時間就沒了！」

她笑出聲，「所以啊，你忙的是家裡面，我忙的是家外面，都一樣辛苦。」

他愣了愣，從莉莉的話語中又學會了些什麼，也就釋懷了。

他們的交往十分順利，唯獨有一件事讓他十分煩惱——

莉莉生在書香世家，家人全都是老師、律師等等，甚至爺爺還是知名學校的校長，他最怕跟這種讀書人、高材生說話，每次都戰戰兢兢，就怕說錯一個字被嘲笑沒水準、沒文化。

偏偏莉莉隔三差五就要帶他回家和她家人吃飯，雖然她的家人從頭到尾沒有說出反對，但總覺得他們看他的眼神很奇怪，不是不說話，就是欲言又止，像是對他有什麼意見又不說出來，搞得他比被責罵、被趕出去還難受，就像是渾身長蟲卻不能撓那樣痛苦。

漸漸地，他越來越不想去莉莉家，有一次他終於說出口，莉莉沉默一會，沒有說不行，只是說：「人是要相處的，我們確實可能因爲第一印象而判斷一個人，但眞正決定我們如何對待一個人，是取決於後天的相處。」

這次他不再聽莉莉的話，打死也不願意。

他是什麼人？連個高中文憑都沒有，甚至還沒工作，他們越了解他，只會越失望而已。

他堅持不再去，莉莉沒有阻攔，只說：「慢慢來吧。」

莉莉雖然凶，雖然不准他再賭博喝酒，但他不喜歡做的事，也從不勉強他去做。

就像莉莉從不勉強他去找工作，也從不勉強他慶祝節日，他們甚至連個生日都沒過過。

他不喜歡說甜言蜜語，也不喜歡送禮物，很小的時候他曾經送過媽媽一個自己親手摺的康乃馨，花了整堂課的時間，美勞老師誇他做得很好，還傳給全班看，他開心地帶回家裡獻寶，但媽媽卻當場把花丟進垃圾桶裡，打罵他不好好學習，只顧著摺紙玩玩具。

這讓他印象很深，他認爲送禮也不能讓對方知道自己的心意，只是一種虛情假意的行爲而已，甜言蜜語也是如此。

所以，至今他從沒對莉莉說過一句我愛妳，但莉莉不曾逼他說出口。

他偶爾會心虛，試探地問：「其他女人不是整天要這個要那個的，還要每天都說一句愛來愛去什麼的……妳都不想要啊？」

莉莉敲了他的腦袋，「不是每個女人都這樣！你看，我就不是啊。」

莉莉摟住他的頭，把他攬在懷裡，「更重要的是，甜心，你不想做的事就不用勉強，沒必要為我改變，我喜歡的是你，原本的你，完完整整的你。」

他在莉莉懷裡閉上眼睛，雖然心中感動，甚至不願承認地有些鼻酸，但心裡的愧疚卻莫名更深。

就這樣逐日累積，某天，引爆點出現了。

——莉莉掏出戒指，向他求婚。

他看著面前的戒指，腦袋一片空白。

他不是沒想過要求婚，他想過無數次一幅美好的畫面，自己穿著昂貴的西裝，在高檔大飯店吃燭光晚餐，遞出富貴又闊氣的大鑽戒，跟他的女人求婚。

雖然他知道，自己沒工作也沒存款，一切都是作夢罷了。

但現在他的女人替他實現了，甚至對他說：「你不必擔心，婚禮跟戒指我都包了。」

他一方面鬆了口氣，一方面又覺得拉不下臉，「我一個大男人，結婚都給妳包了，我面子哪裡擺？」

莉莉笑道：「等你要等到什麼時候？我想早點結婚，不行嗎？」

她無心的一句話，在他心裡紮了根，他反駁不了任何話。

莉莉摟了摟他，「甜心，我們不是說好了嗎？我主外你主內，負責賺錢的是我，所以婚禮出資的人本來就應該是我，不是嗎？」

「妳不讓我出半毛錢，是不是覺得我沒錢？」

莉莉搖頭，「我問你，假設今天有一對情侶，男方是公務人員，女方預備在家當家庭主婦，他們準備結婚了，婚禮由男方包辦，女方負責發放喜帖，你覺得呢？」

「很正常啊。」

「所以說，我跟你和這對情侶有什麼不同？不過是雙方互換而已。」

他想反駁，又無話可說，總覺得哪裡彆扭。

人一旦開始鑽牛角尖，便會越想越多，他想：自己難道就這樣結婚？一輩子抬不起頭？他一個大男人都活成什麼樣了！爲什麼凡事都要聽她的？不是自己太沒用，是她太優秀，是不是其實她心底也瞧不起他，所以才不讓他辦婚禮，認爲他做不到？

他拿著自己少得可憐的積蓄，鬼使神差地踏進破舊的地下賭場，賭了幾場撲克牌，或許是老天給他的機會，還眞的贏了點小錢。

他一掃近日的頹靡，欣喜若狂，覺得自己出運了，賭場老闆熟他，說他很久沒出現，贏錢了還不請喝酒，錢財有出才有來。他被慫恿著踏進酒店，出錢讓所有人沾沾喜氣，聽見人人一聲田哥，感覺自己從前的氣魄又回來了，還是當年那一尾活龍。

他就應該是這樣瀟瀟灑灑一條好漢，爲什麼要在家當家庭主夫，做無聊的家事，聽老婆的指揮？

他被人灌了不少酒，久未豪飲，很快不勝酒力。當他察覺一對柔軟的胸部貼上來時，濃烈的香水味撲鼻而來，塗著口紅的紅唇已經印到他的嘴上，他驟然清醒，想都沒想便慌張地推開身上的小姐，「妳做什麼!?」

周圍的人哄堂大笑，小姐也呵呵直笑，撩了撩裙襬，故意挑弄他，「田哥，我只是在伺候你呀，幾位大哥進來難道不知道會發生什麼事嗎？」

其他人連連稱是，哄著小姐說出「能做什麼事」，他聽了心慌，付了錢就胡亂找藉口離開。

回到家，莉莉訝異地問他去哪了，怎麼這麼晚沒回來也沒聯絡一聲？

他支支吾吾。

莉莉疑惑地問：「你嘴邊怎麼紅紅的？」她走近才聞見他一身酒氣，伸手一抹，指尖沾上沒擦乾淨的口紅印。

他頓時如雷轟頂，內心警鈴大作，心想完了，之前他偷喝幾箱酒藏在床底被發現，莉莉痛罵他一頓，要他連續洗一個禮拜的廁所做「愛家服務」，這次事情大條了，她肯定會暴怒，像發威的母老虎。

他害怕地瑟縮起來，等著降臨的劈頭謾罵，卻遲遲沒聽見動靜。

他小心翼翼抬頭，看見莉莉表情傻傻的，像是茫然的孩子，彷彿不明白眼前看到的事。

莉莉沒有說話，轉身回房。

他酒意未散，心想居然逃過一劫，糊裡糊塗地洗完澡，倒頭呼呼大睡。

睡到半夜，他醒來發現身邊沒人，走出房門，發現客廳的燈亮著，莉莉坐在沙發上偷偷哭泣。

這一幕他永生難忘。

他從沒看過她的眼淚，不論這些年發生大大小小的事，莉莉總是鼓舞他，勇往直前。他原本以爲沒有這個女人自己會更好過，但此刻卻心痛如絞，只想衝過去抱住她，爲她解決所有事情。

他抱住莉莉，拚命地道歉，甚至放下尊嚴，下跪祈求她的原諒，只要她不傷心，要他做什麼都可以。

「你確實應該道歉，你對不起我。」莉莉擦乾眼淚，緩緩地說：「但是，這段時間我被結婚這件事沖昏頭，沒有顧慮到你的感受，沒有和你討論，一意孤行，讓你自尊心受傷，這點是我不對。」

他愣怔，回想這段時間的彆扭和難以言說，全都因爲這句話豁然開朗。

原來，他想要的只是被注意、被認可，他不想要她心中認爲他做不到。但這不是莉莉的錯，是他缺乏自信又愛面子，心底覺得配不上她，還把這個自卑感怪罪給她，做出錯事，傷害了她。

而她即使受傷，依然公正果決，照護彼此。

他忽然發現這輩子就她了，這世界上再也沒有一個人像她如此包容他、愛護他，讓他擁有第二個家。

不過，她並沒有原諒他，她離開了他們的家。

他想盡一切辦法彌補，輪到他像她對他那樣好，想討她歡心，想讓她回頭，但她搖了搖頭：「我對你好，不是圖你還我什麼，是因爲我愛你，而現在，我要考慮了。」

他很害怕，害怕從此失去她，最後他硬著頭皮，按了她老家的電鈴，開門的是從前他不敢面對的岳父岳母，如今他對她有愧，更沒有臉面對他們。

他握緊雙拳，全身顫抖，深深一鞠躬，對他們大聲說出自己犯的過錯，坦承了一切。

「是我錯了！是我對不起她！本來不應該再厚著臉皮纏著她，甚至還來求您們原諒，但只要她沒說不要我，我就沒辦法放棄，任何一點機會我都不想放手，否則會後悔一輩子！」

王太太聽完，一如既往冷靜理性，客客氣氣地說：「抱歉，這是你們小孩子之間的事，我們兩個老的管不著。」

他猛搖頭，「不是、不是，您誤會了，我不是來找您們為我說情的！我對不起她，就是對不起從小呵護她的父母，我向您們道歉是理所當然的，我只是來說這個，打、打擾了！」

他結結巴巴，接連鞠了好幾次躬，匆忙地跑了。

隔天，莉莉找上他。

莉莉平靜地說：「聽說你去找我的父母。」

「對不起！我不是想去打擾他們，我只是……」

「你不用什麼事都道歉。」

「對不……」

莉莉按住他的嘴，眼角終於有了一絲許久未見的溫和，「沒有做錯的事不用道歉。」

他愣了愣。

「以前你問過，爲什麼我第一次見面就問你要不要在一起。」莉莉說：「其實，那天不是我第一次在那間便利商店遇見你。」

有一次，她下班的路上下了場大雨，她進便利商店躲躲雨，看見一個穿著無袖、藍白拖的男人在櫃台和店員聊得正歡，看起來很相熟，男人隨手打開櫃台上的啤酒喝了一口，準備掏錢結帳，才發現忘了帶錢。

店員說：「田哥，沒事、沒事，都多熟了，我請你！」

田哥搖頭，「不行！你們賺的都是辛苦錢，請我這一回，這一小時的班不就白上了？我田哥雖然窮，但絕不佔人家便宜！」說完便堅持要回家拿錢。

店員見勸說不成，問道：「你喝酒怎麼騎車啊？」

「我還有兩條腿！」

於是她看著田哥來回跑了三十多分鐘的路，回來全身濕透，還不忘在門口甩乾才進店門，就爲了給這三十塊錢。

「從那時我就知道，你是個眞誠的人，隨隨便便對待自己，認認眞眞對待別人。」莉莉眼眶微紅，「我欣賞你的眞誠，所以我再相信你一次，相信你會眞誠待我，好好做人。」

他頓時熱淚盈眶。

他知道，她終究還是心軟了，她還是愛他。

他像個孩子般大哭，「謝謝妳！眞、眞的，謝謝妳……」

一年後，他們開開心心地準備籌辦婚禮。

結婚前，他小聲地說：「老婆，我能不能提一個要求。」

「你說。」

「我想冠妻姓。」

莉莉以爲自己聽錯了，「你說什麼？」

他搔搔腦袋，「我就想，以前的人結婚不都冠夫姓嗎？我想冠妻姓。」

「你……你沒必要做到這樣，我知道你和我觀念不一樣，不用處處配合我。」

她知道，事隔一年，他還是時常戰戰兢兢，擔心她離去。

他認眞否認：「不是這個原因，我想很久了，只是，妳可以先帶我去找岳父岳母嗎？」

她更驚訝了，這還是第一次聽他主動提說去見他們。

當晚，見了岳父岳母，他突然下跪，嚇了所有人一跳。

「我田鑫有個不情之請！如果您們願意接納我，請收我進家門！從今天起我就是王田鑫，今生我非王莉莉不可。」

莉莉久久說不出話來。

他懇切地跪在地上，心想：從前聽過有人冠妻姓，但從沒見過，只當成笑話。原本他認爲，男人冠妻姓根本是無稽之談，現在他雖然還是無法擺脫這些刻板印象，但他想冠妻姓，不因爲討好，不因爲贖罪，而是他想冠上她的名字，一輩子和她共度，再也分不開。

婚禮那天，田鑫正式成爲王田鑫，只屬於王莉莉的王田鑫。

典禮上，他再次遇上相隔數月不見的岳父岳母，簡直比參加典禮還緊張，雙手不停發抖，這時，很少對他說話的岳父拍了拍他的手，語重心長地說道：「兩個人好好生活。」

岳母捏他的手臂，附和道：「就是說啊，怎麼看起來瘦了？有沒有好好吃飯啊？」

他們不是說要他照顧莉莉，而是說兩個人好好生活，還要他照顧身體。他鼻腔酸澀，拚命點頭。

婚後，他變得和岳父岳母經常來往，平日白天老婆去教書，他便跑到兩老家幫忙做雜事，岳父還偷偷找他喝酒，他不敢有所隱瞞，轉頭立刻向岳母報告，雖然喝了三杯只說一杯。

岳母從輕發落，岳父笑斥他抓耙仔。

他發現書香世家沒什麼不同，他們都是人，都是家。

他的一切都圓滿了。

結婚近一年，他和莉莉相伴相依，兩人打算生個孩子，他決定去找工作。

莉莉要他不用勉強自己，他說：「我不勉強，是我自己想要工作，我想讓妳輕鬆一點，妳生孩子的這段時間我來賺錢。」

她深受感動，紅了眼眶，「不管你想做什麼，我都支持你。」

一開始並不順利，他沒有學歷，甚至沒有工作經歷，誰都不要他。找了快一個月，才終於找到一個領時薪的體力活，在工地做工。

他雖然沒工作過，但從小獨自生活，勞力活沒少做，加上爲了尚未出生的孩子，他特別拚命。林工頭很賞識他，原本試用期要一個月，破例一個禮拜就收他爲正式工人，和老班底領同樣的薪水，他感激涕零。

第一次領到工資的那天，他拿著厚厚一疊錢袋，興奮地雙手直顫。

今天是他實現畢生所願的一天，他不僅有了正式的工作，還能買個禮物給老婆。從前他不敢買禮物，除了小時候的陰影，更因爲錢都是她賺的，他拿什麼臉去買。

現在，他雖然買不起高價的鑽戒，但足以買一支漂漂亮亮、有點價位的名牌手錶。

他頭一次走進百貨公司，整個百貨都香噴噴的，跟大賣場就是不一樣。他同手同腳地在樓層之間到處繞，繞得頭昏眼花，渾身不自在地頂著櫃台小姐的視線，終於找到之前老婆曾經說過漂亮的手錶牌子。

價格自然是不太好看，但他只心痛一瞬，便果斷買下。

這筆薪水，是他送給老婆的禮物，是愛，也是感謝。

他小心翼翼地把買好的手錶收進外套暗袋，最貼近心口的位置，就怕掉了或壓壞了。

可惜最近找不到時機送禮，這個禮拜有一個工程在趕工，所有工人輪值大夜班，他回家時老婆都睡了，醒來老婆已經去上班，時間老是兜不上，所以他每天都把錶藏在胸口，隨身帶著走。

這一天，他上到凌晨三點，和另一個工人交班，準備牽車回家。

再過兩天就是週末，正好也是他們結婚週年紀念日，天時地利人和！他要親手把禮物交給……

「砰！」

一輛車在拐彎處失控打滑，路邊的他被撞飛，然後重重墜地。

他的腦袋「咚」的一聲，有一瞬失去意識，才又勉強地睜開眼，視線模糊之間，他看見自己仔細收好的禮物從胸口掉了出來，盒子滾得好遠，他拚命伸手去撈，眼看就要碰到……

接著，前方的車子突然向後加速，再次朝他輾來，從此再無天日。

再次睜眼時，他發現自己身在一個陌生的地方，知道自己叫田哥，卻從沒想過自己的全名。

他記得從小到大所有事，唯獨忘了和自己最愛的女人相處的這些年，記憶變得混亂，還以爲是在家中洗澡時莫名進入這個恐怖的世界，卻不知道自己其實已經死了，才會來到這裡。

田哥看著淚流滿面的莉莉，像個雕像般發不出半句話，手腳彷彿不屬於自己。

莉莉流著眼淚，卻依然強打起精神，仔仔細細地說出事情的經過：「我是昨天晚上不小心看見他背上的胎記才想起來一切。」

她從進入遊戲的第一關便知道自己是在爲老公尋仇，她記得老公的慘狀，記得和老公相處的點點滴滴，可以說是憑靠這些記憶，才讓她歷經千辛萬苦一路撐到這裡。

但是第十關和她想像的完全不同。

她的第十關並不困難，沒有超過十隻冰棍，沒有天崩地裂的環境，只是一間再普通不過的老舊公寓，但她徹底忘了自己是誰。

她費盡千辛萬苦來到第十關，卻忘了自己是爲誰尋仇。

當看到封哥手上的錶，她立刻想起自己的身分是家屬，卻依然沒有想起老公。她只記得某個親人被分屍殺害，她要找出凶手，但記憶依然相當模糊，像是隔岸觀火，甚至還有餘力對田哥產生好感。

原本她想，即使沒有記憶，她也記得事件的輪廓，而且透過線索，又想起越來越多細節，所以即使記憶被竄改也無所謂，只要能找出凶手便足夠。但最後她才發現，她忘記的是痛徹心扉，是刻骨銘心，她不該和凶手談天說笑，不該對老公視若無睹。

遊戲給他們開了個天大的玩笑，讓他們費盡心力來到第十關，擁有和愛人重新相聚的機會，卻讓他們忘記一切。

她現在才明白，第十關眞正困難的，是接受和道別。

「我又一次……又一次這麼晚才找到他……」莉莉嗓音哽咽，差點說不下去，她摀住嘴，好不容易才壓下情緒，繼續描述她所知道的一切。

八月六號那天晚上，老公忽然深夜未歸，音訊全無，她知道自從婚前那件事情以後，老公不管多晚回家一定會向她報備，她立刻報警，警察經過調查，說他們詢問過田鑫的親人，親人表示已經多年未聯絡，此人有賭博前科，會不會因爲債務糾紛而跑路？她堅決回答不可能，他才剛找到工作，生活很穩定，不可能跑路。

她的爸媽得知也著急地說：「絕對不可能！他上禮拜還興沖沖地告訴我們他準備了驚喜給妳，要跑路的人怎麼可能準備這些？是不是發生什麼事了？」

「驚喜？」

「妳這孩子就是這麼不懂浪漫，這禮拜是你們結婚紀念日！他特地來問我們妳上次說喜歡的手錶是哪個牌子和款式，我們一時還想不起來，妳只是飯桌上隨口一提而已，他還眞是有心啊。」

她更加確信他肯定是發生什麼事了，她不停撥著他的電話，甚至懷疑他發生山難，打算向學校請假幾天，和警方一起去山上找他。

她請假前先到學校處理班上事務的交接，她會有幾天不在，不能因爲她而耽誤學生的課業。她和同學們說：「這堂課先自習，從今天開始老師要請假幾天，明天起會有另一位老師代課，你們要好好聽老師的話。」

她回到辦公室，收拾東西準備離開，這時候，一個男同學緩緩地拉開辦公室的門。

他垂著頭，看不清神情，只能看出情緒十分低落。

她左顧右盼，確認辦公室裡沒有其他人，才問：「建甫，怎麼了？有什麼事嗎？」

這個學生家境清寒，媽媽患有殘疾，父親又中風，目前是由阿姨照顧，但顯然阿姨並沒有善待他，他衣服髒亂，常常幾日未洗，體型也削瘦，個性比較怯懦，總是看人臉色，應該都是源自於家庭環境。她屢次去家中拜訪，阿姨又態度良好，看不出毛病，她也無可奈何。

所以她特別關照他，有時還會放學後爲他補功課，請他吃晚餐。

林建甫懨懨地說：「老師，妳要請假多久？」

她說：「目前不知道，可能一個禮拜左右，怎麼了嗎？」

林建甫突然拿出美工刀，指著自己的喉嚨，哭喊道：「老師！我不想活了！」

她震驚，趕緊站起身，「林建甫！你做什麼？快放下刀子！」

「老師……他們……他們……咳、咳咳咳！」林建甫哭得嗆到，她想藉機奪走他的刀子，卻被他察覺，戒備地退後，刀仍舊抵住自己的喉嚨，脖子漸漸滲出血絲。

她不敢再動，放低音量道：「建甫，你跟老師說，發生什麼事了？」

林建甫痛哭失聲，她溫聲勸導，循循善誘，才終於讓他說出想要自殺的內幕。

眞相卻遠比她想像的更嚴重。

他被其他班的人強暴，甚至拍了裸照。

她僅有一瞬愣怔，很快恢復鎮定，沒有洩露出自己的吃驚，「這件事情，老師一定幫你到底，你跟老師說的這些，我們一起面對，好嗎？」

林建甫哭得一把鼻涕一把眼淚，「沒有用的……他們威脅我，如果講出去就要讓全校知道，我完了……我不想活了！」

眼看他舉起美工刀，就要往自己的脖子刺，情急之下，她一把握住刀片，掌心頓時血流如注。

林建甫怔住，猛地扔掉刀子，發出尖叫，情緒徹底崩潰。

她忍住疼痛，努力安撫林建甫的情緒：「老師沒事，你不用擔心。」她撥打電話，通報學校支援，沒多久，電話又響了。

她接起電話，電話那端說道：「您好，我們這邊是警察局中區第三分局，請問是王小姐嗎？」

她沒想到學校這麼快就報警，正要說明事情經過，警察說道：「王小姐，您前日申報先生失聯，今早我們接獲報案，您的先生找到了，很遺憾王先生……」

電話裡說的話，至今她仍覺得像是一場虛假的夢。

王田鑫找到了，在一個垃圾袋裡，遭到分屍，被扔在路邊。

警方請她去認屍，因爲死者面目全非，難以辨認。

「怎麼可能？」她想也沒想便脫口而出。

「王太太，我們很遺憾……」

剩下的話，她已經記不清了。

她想著，不可能，那不是他，前幾天人還好好的，怎麼可能？

她握著電話，嘟嘟聲響了很久，她遲遲沒有掛斷，看著一旁哭喊著自殺的學生，神情木然，卻仍一下下拍著學生的背，安撫他。

直到穩住他的情緒，輔導單位將他接走，她才終於憋不住眼淚，在辦公室裡放聲大哭。

「我沒辦法接受，他就這樣離開我，連個完整的身體都沒有……爲什麼？爲什麼他會變成那樣？」莉莉雙眼赤紅，淚水早已乾涸，眼巴巴地看著封蕭生和莊天然。

莊天然內心深受觸動，他比誰都能明白這種感受，不甘，無法接受，用盡一切辦法想找出答案。只是他不再痛苦了，那年海邊，他把所有情緒和祕密都藏在那片海裡，從此再也沒有動搖過。

莉莉忽然感應到什麼似地，轉頭看向一旁，看見淚流滿面的田哥。

莉莉撇開臉想要逃避，但看見田哥這副模樣，知道他已經想起一切，她非但不開心，甚至更加絕望：「所以我不是說了別想起來嗎？別再想起痛苦，別再離開我！凶手讓我來找，你就什麼都不知道，永遠待在我身邊！」

田哥衝過來緊緊抱住莉莉，放聲大哭，莉莉卸下堅強的僞裝倒在他懷裡，兩人相擁而泣。

就在這時，忽然天搖地動，「砰、砰砰！」無數隻屍手破牆而入，爭先恐後地想抓住所有人。

總是躲得最快的田哥想也沒想一把推開莉莉，那些屍手卻沒有抓住他，而是硬生生穿透他的身體，胸口和腹部頓時多了數個血窟窿。

「田鑫！」莉莉大喊。

田哥垂頭看自己身上的血洞，哭笑不得地說：「不會痛。」

「你別逞強，你最怕痛了，我看看……」

田哥搖頭苦笑：「我是說眞的，不會痛，現在我終於眞正知道，我已經是個死人了……」

田哥血流滿地，古怪的是，冰棍就像被吸引似地，不再攻擊其他玩家，紛紛將目標轉向他，四面八方的手纏住他的身體，數量越來越多，像繭一般將他包圍。

莉莉害怕他們要帶走他，死死抓著田哥的手，「不要！我不會再讓你離開！要死我們一起死！」

田哥擔心他們將莉莉一起拖走，急喊道：「莉莉！快放開！」

莉莉死不放手，哽咽著說：「自從你走之後，我一直在想，只要再讓我看你一眼就好，你知道嗎?我已經很久想不起你的臉了，我竟然記不得你原本的樣子……現在，我好不容易又找回你，爲什麼要這樣對我?我才剛認出你，我們又要分開!」

莊天然想去幫忙拉人，一隻手擋在他面前，阻止了他。

莊天然轉頭看封蕭生，封蕭生看著面前糾纏不休的兩人，神情似惋惜，似憐憫，「這才是遊戲還沒開始的眞正原因。原本打從關卡一開始，身爲『死者』的田哥就會死去，親身上演一遍案件內容，但題目被人藏起來了，導致案件沒有觸發，所以主線關卡從未開始。我想，他也已經發現了。」

田哥手足無措，他也害怕，卻不敢抓住莉莉的手。

莊天然道：「難道不管他們嗎?明明還有機會救人，如果他第二次死在莉莉面前……」

「不是第二次死在她面前，而是他們多了一個互相告別的機會。」封蕭生說道：「然然，生死已定，我們能做的，只有善終。」

封蕭生拿著錶，走向田哥。

莉莉牢牢抓著田哥的手，懇求封蕭生：「封哥，你救救他!求求你救救他!」

封蕭生的掌心覆上莉莉緊抓不放的手，輕輕拍了拍，無聲的動作讓莉莉明白，他在說：「放手吧。」

莉莉的眼淚再次奪眶而出。

封蕭生將手錶交到田哥手裡，這一刻，屍手竟然全數停下動作，彷彿時間靜止。

封蕭生說：「時間不多，好好把握。」

田哥忽然明白，是封蕭生的「新手待遇」替他們爭取了一點能夠告別的時間，他接過手錶，看著手中的禮物，不禁熱淚盈眶，「封哥，謝謝你、謝謝你替我找到它……」

田哥掙開屍手，雖然屍手依然緊緊纏住他，但至少不再拉扯，讓他有一絲活動的空間。

他握住莉莉的手，小心翼翼地將錶爲莉莉戴上，目光含淚，笑著說：「結婚週年紀念日快樂，能把錶交給妳，我也沒有遺憾了。」

田哥把錶交出去的那一刻，屍手又再度開始動作，扭轉著手臂，如同荊棘一般將他緩緩拖進牆裡。

「都變成這樣了，還說沒有遺憾！你知道你是怎麼死的嗎？連個完好的身體都沒有！我不能接受你就這樣離開我……」莉莉想拉住田哥卻無能爲力，只能眼看他半個身體埋入牆裡。

田哥看著拚命的莉莉，忽然揚起笑容，看起來傻裡傻氣：「我已經不會痛了，我眞的沒有遺憾啦，我是沒路用的人，我最爭氣的事，就是娶到妳。」

眼看就要被拖入牆中，莉莉大喊：「你別走！告訴我到底爲什麼？爲什麼是你？爲什麼你會走？如果我沒讓你去工作，你是不是就不會走？」

田哥的臉被屍手纏住，已經看不見什麼了，他的嘴巴一張一合，似乎在說話，但被埋住聽不清楚。

莉莉毫不畏懼，整個人貼上前，臉龐甚至碰上冰冷的屍手，被凍得刺痛依然沒有退縮。她聽見田哥一字一句地說：「老婆，我愛妳，妳要好好活下去。」

田哥被無數屍手抓進牆裡，融爲一體，牆壁很快恢復原貌，不留一點痕跡。

莉莉拚命拍打牆面，「老公！老公！」她拍到掌心紅腫瘀血，直到再也沒有力氣，脫力地跪倒在地，掩面哭泣。

封蕭生按住她的肩膀，指著牆上。

莉莉仰頭，發現牆上多了一幅相框——那是一張結婚紀念照，田哥笑容燦爛，笑得傻乎乎，滿臉志得意滿，莉莉依偎著他，小鳥依人，笑容溫婉，洋溢著幸福美滿的氣息。

莉莉怔住，看著照片看了很久，徹底失神。

她又哭又笑地撫摸著牆上的照片，喃喃自語道：「我們根本沒有拍婚紗照……因爲他說不喜歡，說正經八百地拍照很彆扭，現在看來是口是心非吧？他心裡想得美的呢……」

封蕭生沒有打擾莉莉的自言自語，安靜聽完後，溫和地輕聲回應：「我們破案吧。」

莉莉抹去眼淚，似乎是這張照片裡的笑容給了她勇氣，她站起身，「你說的對，我還要替他找回公道，只差一步了，沒時間哭哭啼啼。」

一旁的莊天然想起當年室友曾問過他：「如果你最重要的人消失了，你會做什麼？」

莊天然回答：「當然是找他啊。」

室友說：「如果他死了呢？」

莊天然啞口。如果人死了……他還能做什麼？除了痛苦和緬懷，他怎麼想也想不出答案。

室友揉了揉他的腦袋，答道：「答案是什麼都不用做，好好活下去就行了，因爲他愛你。」

莊天然直到這一刻才忽然明白室友話裡的含義。

活著的人永遠比死去的人痛苦，所以死去的人掛念的只有活著的人會傷心和自責。

但是，這次他沒辦法再聽室友的話。

因爲沒有找出眞相的話，被留下的人怎樣才能安心地活下去？所以當年他改變志向，選擇從警。

他要讓全天下受害人沉冤昭雪，要讓凶手罪有應得。

11 永不結束

莊天然收起思緒，問封蕭生：「你怎麼知道這支錶是莉莉的？」

也就是這支錶才讓田哥想起自己是誰，但連本人都不知道的事，他是怎麼知道的？

封蕭生笑而不答，反問：「你記得初次見面的時候，我做了什麼嗎？」

莊天然回想當時，印象很深刻，封蕭生是唯一一個超時離開房間的玩家，當時所有人都很驚訝，但封蕭生只是做了自我介紹，沒印象有特別出格的舉動。

「他亮了手錶。」莉莉嗓音沙啞，清了清喉嚨，答道：「他刻意比我們都晚離開房間，這樣才能確保他出現的時候我們所有人目光都會在他身上。只要他在這時候亮出手錶，認得這支錶的人一定會露出異樣，我說得對嗎？封哥。」

封蕭生點頭，「說得很對，謝謝妳的解釋，莉莉。」

莊天然沒想過，他竟然從出場那一刻就在布局，所以他比任何人更早知道莉莉是家屬，而後又從莉莉的態度推斷出田哥是死者，他總是比誰都還早看透真相，並不是他未卜先知，而是深謀遠慮，滴水不漏，直到驗證答案。

莉莉的眼眸很亮，「封哥，我有個問題想問，你既然刻意用這支錶找家屬，是不是代表這支錶就是關鍵證物？你是不是從錶上找到證據了！」

莊天然訝然。關鍵證物？如果是眞的，不就代表可以破關了？

劉智驚呼：「我們的身體變透明了！是不是要離開了！」

所有人立刻低頭看身體，莊天然也跟著上下檢查，但他身上沒有絲毫改變，依舊被困在這裡。

這時，「啊！」突如其來一聲尖叫，尖銳的玻璃碎片刺穿了莉莉的腹部。

劉智手裡緊握著玻璃碎片，大量鮮血順著傷處流下，他卻毫不手軟，甚至笑出聲：「找到妳了……妳果然就是家屬。只要妳死了，我們就能離開了……」

莊天然立刻衝過來將劉智壓制在地，封蕭生查看莉莉的傷勢，玻璃片還插在她腹部，他檢查片刻，朝莊天然搖了搖頭，玻璃片無法拔除，否則恐怕會大量出血。

莉莉血流不止，不知道傷到什麼器官，幾乎喘不過氣，她強撐著坐在地板，幾度暈厥。

莊天然死死壓制劉智，劉智吃痛皺眉，掙扎吼道：「放手啊！我可是在幫你們做大家不敢做的事！你們也想離開遊戲吧？只要她死了就能離開了！」

「王……王老師！」小夫跪在莉莉面前，不停哭喊：「王老師……王老師……」

莉莉緩緩回神，茫然看著眼前的少年，剎那間忽然想起什麼，震驚地說：「林建甫……你是林建甫？」

「王老師……妳、妳不要死……」

「你怎麼也在這裡？你也被拉進來了？難道是因爲接到電話的時候，你在旁邊……」

小夫搖了搖頭，「我也不知道，我是剛才才想起老師，我一直以爲我進來是因爲劉智他們……」

「他們……咳、咳咳！」莉莉劇烈咳嗽，腹部的血越流越多。

小夫臉色慘白，彷彿想起幾年前的一幕，目無焦距地說：「血……是血……都是我……都是我害的……」

莉莉想出聲勸慰，但咳得說不出話，眼冒黑點，眼前越來越模糊，她隱約知道時間所剩無幾，意識模糊間不斷呢喃：「甜心……凶手……我還沒……抓到……」

被壓制的劉智抬頭，對著莉莉吊兒郎當地說：「抱歉啊，我也不是故意要弄妳，這是爲了我們所有人。」

莊天然厲聲道：「你根本沒必要動手傷人，銷毀關鍵證物照樣能離開！」

劉智哼笑，「你怎麼確定那支錶眞的是關鍵證物？說不定不是呢。如果是關鍵證物，那傢伙幹嘛不早點毀掉？誰不想快點離開！」

封蕭生道：「是啊，我也覺得很奇怪。」

所有人的目光頓時聚集到他身上。

封蕭生卻忽然說出一句不相關的話：「行車記錄裡面，貨運車明明是白色，爲什麼這支錶上面有紅色的烤漆？」

紅色的烤漆？

莊天然一手壓制劉智，另一手抬起莉莉的手錶仔細端詳，這才發現底部那一塊並不是紅色花紋，而是紅色烤漆劃過的痕跡。

車禍中經常會因爲碰撞而造成保險桿烤漆剝落，沒想到輪子輾過手錶，竟意外將證據壓印在錶上。

封蕭生說的對，行車記錄中貨運車的車頭明明是白色，怎麼會有紅色烤漆？這表示，撞上田哥的，並不是貨運車……

小夫震驚，顫抖地指著劉智：「紅色……劉智，你的跑車不就是紅色嗎？」

劉智表情一變，很快恢復鎮定：「想把罪推給我？紅色烤漆？應該是白色烤漆染到血的顏色！這不是更證實送貨員就是凶手嗎？」

封蕭生問：「爲什麼送貨員一定是凶手？」

「哈！你在說什麼傻話？種種證據都顯示送貨員和他媽是凶手，難道你是要推翻我們所有推測？」

封蕭生微瞇起眼，看起來像在笑，又像只是一種禮貌，「或許，這些都是提示，解開所有線索，才能得到答案。」

莊天然思考封蕭生所說的話，總覺得似乎有弦外之音。

如果送貨員代表阿威，廁所的女人代表清潔婦，鐘聲代表手錶，地下室的監視器代表行車記錄器，這些線索都同樣頻繁出現，並沒有任何一個特別突出，這表示能夠明確指認凶手的線索也許並不在其中。

解開所有線索，才能得到答案……

莊天然回想起不久前阿威的證詞，他激動地說：「不是我的錯！是那個人不知道從哪裡突然衝出來倒在我面前！才害我撞到！是他的錯！」

不知道從哪裡衝出來……倒在他面前……

田哥做工，身體硬朗，不會無緣無故倒在路邊，除非……是被人推的。

莊天然腦中回想蜘蛛絲馬跡，葉子哥的證詞提到什麼？那天晚上，他們組隊賽車，每十分鐘派出一輛車，美青先，花了四十多分，接著是葉子哥，花了二十多分，再來是劉智，花了三十分，最後是阿威……

莊天然瞳孔驀地一縮，「劉智，你才是凶手。」

「你說什麼？」

「一開始是你先撞到死者，但你知道，只要再過十分鐘阿威就會經過，所以你藉機把死者推到路上，讓他以爲自己是凶手！」莊天然聲色俱厲地指責：「不只如此，進入這裡之後，你又以幫助阿威和維護團隊名聲的名義，進一步撇清自己，這樣即使最後團員發現凶手是阿威，也不會懷疑到你身上，從頭到尾，你才是眞正的殺人凶手！」

劉智瞪大眼睛，激昂否認：「這些都是你憑空想像的猜測！」

莊天然步步進逼，「你開的車是跑車，怎麼會比葉子哥的一般轎車還要慢？多的那十分鐘，正好是每十分鐘派出比賽者的時間。」

劉智瞥了眼四周，駁斥道：「我技不如人不行嗎？證據呢？只靠這十分鐘，還是只靠那個紅色的痕跡，就能證明我殺人？影片裡撞到他的人明明就是貨運車！」

莊天然在內心咬牙。爲什麼明明已經出現「關鍵證據」，還是不能將凶手定罪？他知道，若是沒有直接證據證明是劉智開車撞了田哥，即使錶上有紅色烤漆，他依舊可以狡辯與自己無關。

「當然不能。」封蕭生一開口，劉智立刻戒備地盯著他，自信的眼神透露出一絲懷疑。

封蕭生說：「因爲答案先出現了，卻少了題目。」

莊天然站起身：「少了題目？」

封蕭生點頭，「舉一道簡單的數學題爲例，即使先知道答案是『二』，如果沒有題目，怎麼知道問題是『一加一』還是『二乘一』呢？」

莊天然隱隱約約明白封蕭生的意思，但仍然困惑，「但我們不是已經知道這次的案子內容了嗎？」

「因爲還有一種可能，題目不完整。」封蕭生拿出手機，劉智惶恐地摸了摸身上，手機不知何時不翼而飛。封蕭生打開手機畫面，按下影片編輯，滑動時間軸，他們這才發現影片前面竟然還有一段被剪掉的畫面！

影片播放，畫面上是另一台車的行車記錄，畫面劇烈搖晃，接著猛然撞上一個模糊的人影，車子緊急煞住，凶手立刻下車，人影依舊模糊，但能清楚看見他左顧右盼，似乎在查看附近是否有人，接著凶手回到車上，將車子開進草叢，畫面上滿是雜亂的雜草，原以爲影片到這裡結束，沒想到，畫面拍到凶手再度下車，將被害者拖到轉彎處，沒多久一輛貨運車疾駛而來，凶手把人推出道路，而後躲進草叢……

雖然影片中沒能看見凶手的臉，但從紅色車型和拍到的車牌，已經足以證實凶手是誰。

「他、他說對了……眞的是你……劉智……」小夫惶恐地指著劉智。

劉智不再憤慨和激動，取而代之的是陰沉與沉默，忽然間，他噗嗤一聲笑了，「正確來說，我沒有撞死他，我把他推出去的時候，他還有呼吸啊。」

莉莉狠狠抓著腹部的玻璃碎片，撕心裂肺地喊：「劉智！你！你居然……咳、咳咳咳！」她邊說邊嘔出一大灘血。

「老師！」小夫扶住莉莉，語氣前所未有地激動：「劉智！你騙了我們所有人！大家……大家都被你害死了！」

劉智冷笑，「我害你們？是誰帶你們破關的？是誰讓你們能夠活到現在？如果我成了殺人犯，你們所有人也都完了！是我拯救了你們！」

「拯救？你說拯救？大家都死了！」

劉智兩手一攤，「這是遊戲，本來就有輸有贏。」

「我不明白……那你爲什麼還要把手機交給我保管？就是因爲你把手機交給我，他們才相信你無私，就連重要證據都和團隊分享……」

「哈！別忘了，我們可要直播啊，不給你的話誰來拍攝？既然都來到這裡，當然要好好利用，刺激點閱率。」

「原來是這樣……你從一開始就在利用我們……你說凶手就在我們之中，叫我們保護團隊，假裝稱兄道弟，其實只是爲了不被發現眞正的凶手是你……我們爲什麼要聽你的話……爲什麼……」

劉智大笑，「爲什麼？哈哈哈，你還敢問？不就是因爲那個影片嗎？你怕別人發現你被強姦，就是因爲這樣，我才放心把手機交給你啊。」

小夫失聲尖叫，摀住耳朵，不停原地踩步。

莉莉曾經見過小夫如此失控的反應，瞬間聯想到什麼，瞠大眼，「難道是你？」

「沒錯，妳終於發現了，欺負妳寶貝學生的是我，讓妳連老公最後一面都見不到的也是我，哈哈哈！」劉智語氣滿是得意，彷彿誇耀某種戰績，看著莉莉瞋目切齒的神情，讓他更加興奮。

「劉智，閉嘴！」莊天然喝道。

莊天然早已抓緊繩索，打算逮捕這個殺人犯，劉智轉頭吼道：「小夫，擋住他！別忘了，如果我出了什麼事，你的影片馬上就會被傳到我們的頻道，到時候，數百萬、數千萬觀眾都會看見！」

小夫聽見這句，頓時想起當年，劉智不只猥褻他，甚至拍下影片，強迫他做牛做馬，有時還作爲他們拍攝影片的丑角，繼續霸凌他，害他中途輟學，直到現在都還在做心理治療。

小夫不停尖叫，抱著腦袋，瀕臨崩潰，莊天然擔心再刺激他會出事，只好先退開，不再向前。

劉智把小夫扯過來，扣著他的脖子對莊天然說道：「莊警官，恭喜你抓到我了，別浪費時間了，快把關鍵線索毀了吧，不然她可要死了。」

莊天然看向粗喘不止的莉莉，莉莉橫倒在血泊之中，握緊手銬，流出了淚，彷彿泣血，「你送我的禮物……這是你第一次送我的禮物……爲了一個人渣，我失去了一切，最後連你唯一留下來的禮物都沒了……我不甘心，我好不甘心……」

莊天然於心不忍，他知道這支銬對莉莉意義重大，忍不住問：「這跟現實是同一支銬嗎？這支銬沒有破損的痕跡，會不會眞正的證物還留在現場？」

莉莉已經聽不見了，眼神恍惚，靜靜流著淚。

封蕭生搖頭。

答案顯而易見，既然在這裡生者死亡等同於現實世界死亡，那麼證物銷毀也等同於現實世界銷毀。

這表示，回到現實世界以後，也難以將凶手定罪。

這對莉莉來說無非是雙重打擊，若不銷毀證物，她就會死，若銷毀證物，她會懊悔與痛苦一輩子。

莊天然頓時陷入進退兩難，不知如何做出決定。他看向封蕭生，封蕭生臉上沒有笑意，也無波瀾，像是在看一場安靜的默劇。

「妳非得拖到死掉，我也沒辦法了。」劉智嘴上這麼說，眼神卻很興奮，看著莉莉的呼吸從激動到微弱，似乎讓他十分愉悅。他鬆開扣住小夫的手，怡然自得地說：「既然還有一點時間，莊警官，你以爲你已經知道眞相，但你知道我是怎麼實現完美犯罪的嗎？」

莊天然皺眉，不知劉智還想說什麼。

「我早就知道了，你們最後一定會發現我是凶手。」

莊天然不免有些訝異，只是面色不顯，劉智見莊天然沒有反應，蹙了下眉，但很快又揚起得意的笑容，加重語氣強調：「你們知道我是凶手又如何？我才不相信以阿威的智商能夠撐到最後，他肯定會露出馬腳，如果他死了，不就曝光凶手另有其人嗎？所以，我早就準備好對策，刻意釋放出凶手有兩個人的訊息，不過……我眞正的目的，不是要隱藏自己。」

「從頭到尾，我真正的計畫，只有找出家屬。」

「你想想，一再得到重要的線索，家屬不可能不做出反應啊！至於讓你們知道我是凶手，根本無所謂，有種你們來殺我啊？你們根本不敢！哈哈哈！你看，我成功了，這一局，是我贏了。」

莊天然徹底明白，從一開始的綁架、套話，自我流處處都在針對家屬，他原以為是在包庇凶手，但其實自始至終都是劉智從中主導，讓他們幫助自己找出家屬。

在這場案件中，並不是他們在找出凶手，而是凶手在找出家屬。

劉智把莊天然的沉默當作是認輸，想到就連警察都被自己玩弄於股掌之間，頓感心滿意足。

他回想起剛進這次案件關卡時，一進入便發現自己身上多了一台手機，透過影片他想起自己是凶手的身分，多半是因為前幾關表現優異，這是遊戲給他的獎勵。

就連這個世界都站在他這邊，他註定要贏得這場遊戲。

他開始布局，阻撓遊戲進行，讓所有人都想不起來自己的身分，他們以為所有人都是在同一條船上的罪人，事實上他們誰也不是，不過只是替他做事的傀儡罷了。

然而在他完美的計畫中，只剩一個無關緊要的問題，他始終想不透——劉智朝封蕭生抬了抬下巴，「喂，你是怎麼發現影片前面還有一段被剪掉了？」

他原本打算把影片刪除，卻怎樣也無法刪除，他看這部影片是由兩段行車記錄銜接而成，即使剪掉其中一段應該也不會有人察覺，果然，當他光明正大地把線索亮給所有人看時，沒有任何人察覺。他唯一想不透的是，這傢伙是什麼時候、又是怎麼知道的？

「你看影片的反應。」安靜得猶如局外人的封蕭生終於開口：「大家都專注在看畫面，這是正常反應，但你一直在看底下的進度條，說明那個部分有問題。」

「哈、哈哈！原來如此！不過無所謂，你知道又如何？你自以為料事如神，但最後，這場遊戲還是我大獲全勝。」

「劉智，你錯了。」莊天然閉了閉眼，再次睜開時，眼神不慍不怒，一字一句堅定地道：「第一，你犯下的是貨眞價實的殺人罪，不是遊戲。」

「第二，也許關鍵證物只有一個，但一場犯罪，絕對不會只有一個證據。也許一個不能將你定罪，但兩個、三個，甚至是五個、十個？曾經做過的事，不可能不留下痕跡，從今以後，你將要時時刻刻提防度日，未來還很長，我一定會把你定罪。」

劉智自信的笑容有一絲崩裂，這是他藏在內心深處的惶恐。封蕭生忽然笑了一聲，劉智立刻轉頭看向封蕭生，「莊警官，你以爲只有我嗎？我發現一件很有趣的事，那傢伙早就知道凶手是我，卻沒有告訴任何人，如果他早點說出來，她還會變成這樣？」

劉智朝莉莉露出憐憫的眼神，「眞可憐啊，到死都還以爲身邊的人在幫她，其實啊，他根本不管她的死活，因爲他的時間比任何人長，所有人都死了，才會輪到他！所以他才會這樣冷血無情看著她受苦。」

莊天然不禁憤怒，所有人都有資格說，只有他這個加害者不能！而且他相信，封蕭生這麼做一定有他的道理。莊天然正想說話，封蕭生先開口了，「有一點你說錯了。」

「嗯？」

「我要看的是你。」

封蕭生微微一笑，抬起手機，鏡頭正在直播，畫面上是劉智得意扭曲的笑容——

「既然還有一點時間，莊警官，你以爲你已經知道眞相，但你知道我是怎麼實現完美犯罪的嗎？」

「我早就知道了，你們最後一定會發現我是凶手。」

「你們知道我是凶手又如何？我才不相信以阿威的智商能夠撐到最後，他肯定會露出馬腳……」

劉智的自白在頻道上反覆播出，曝光在眾人眼前，底下評論一陣驚呼：

「他居然是這種人！」

「太噁心了！」

「我本來以為是演戲，但你們看過了嗎？有那所高中的人出來認了！聽說他們學校的老師的確曾經發生過類似的事情，雖然學校有隱瞞，但私底下還是傳開了，而且自我流裡面有好幾個都是那所學校的學生！」

「說個題外話，這是劉智本人嗎？好醜啊，之前修圖也修太大，我相信這是實拍了。」

眼看罵他的留言急遽增加，眨眼間突破千筆，甚至有人說出他的學校和本名。粉絲數急速下滑，從原本的一百多萬變成五十萬……二十萬……十萬……

劉智眼裡爆出血絲，想搶回手機，卻撲了空，封蕭生鬆開手，手機摔落在地。

封蕭生溫和道：「別急，等你回去就知道了，等著你的，是永無止盡的輕蔑、怒罵，還有一輩子的刑期。」

「混帳！你做了什麼！」劉智怒吼，想撲上去跟他拚命，卻被他輕鬆閃開。

「犯罪後急於解釋手法，想要展現自己不同於人的智慧，這是典型的自戀型人格障礙。這樣的人，最害怕的未必是被逮捕，而是失去眾人的讚賞和崇拜，淪爲一個失敗的普通人。

所以，因應你的需求，我幫你把影片傳到網路上了，對了，抱歉，忘了開濾鏡。」

影片不斷重複播放劉智得意地介紹自己如何犯下罪行，他的眞面目昭然若揭，從今以後，他再也無法在網路上生存，甚至無法安心走在路上，將成爲人人喊打的過街老鼠。

「不！不！不！」劉智跪倒在地，不停捶打地面，直到拳頭冒血。

封蕭生雙手插兜，俯下身，在劉智耳邊輕聲笑道：「你知道嗎？這個世界上，有很多優秀的網紅，還有完美犯罪者……但你誰也不是，你只是個一般的平凡人，你輸了。」

「不，我才不是普通人！我比你們都還要聰明！而且我還有百萬粉絲！我是公眾人物，我跟你們所有人都不一樣！不一樣！」劉智呼吸急促，瞠大的雙眼布滿偏執，不願接受事實。

「哈、哈哈哈……」意想不到的人忽然發出了笑聲。

小夫面容枯槁，臉上卻滿是笑容，失神地道：「劉智……你也有這一天……」

劉智倏地掐住小夫，「閉嘴！你閉嘴！」

誰都能說，就這個被他當作低賤野狗的人不能說！

「咳、咳咳……所有人都以爲你……你有多厲害……其、其實，你只不過是一個躲在背後的……卑鄙……小人……」

「閉嘴！給我閉嘴！」劉智掐緊小夫的脖子，小夫卻依然發出笑聲。

「哈、哈哈……我、我的人生，已經被你毀了……你的人生，也毀了！」小夫忽然瞠大眼，猛地往前衝撞！

劉智猝不及防，整個人向後倒向窗戶，「啊、啊啊啊！」

兩人同時摔出窗外，從六樓高處墜下。

劉智驚恐吼叫，小夫邊哭邊大笑：「我解脫了！我終於解脫了！我贏了！是我贏了……啊！」

聲音戛然而止。

他們倒在血泊中，屍首扭曲，一個驚恐萬分，另一個卻面帶笑容。

牆上的畫一幅接著一幅消失，鬼手化成灰原地消散，四周逐漸恢復平靜。

封蕭生低喃道：「破關了。」

莉莉緩緩爬起身，低頭看自己的腹部，玻璃碎片不知何時已經消失，傷口迅速癒合。

剛才意識不清時，她隱約聽見一些聲音，現在才知道發生了什麼事，眼角不禁流下一行淚，「林建甫……」她知道這個孩子承受巨大的痛苦，卻沒能救下他。

封蕭生輕按她的肩，無聲地安慰。

莉莉擦了擦眼淚，失神地盯了一會手錶，之後牢牢握緊，說道：「我知道你爲什麼早就知道眞相卻不說出口。」

「一來，你想爭取我和田鑫的時間，不想破壞我們再次相聚的美夢。」

「二來是……我任教多年，明白一個道理，不能每個問題都直接給孩子答案，要讓他們自己去找出解答，否則他永遠學不會。」

莉莉轉頭看向莊天然，「天然，這是你第一次參與遊戲，他想要教會你如何找出答案，讓你有更多時間適應這個世界，因爲到了下一個關卡，他不一定會在你身邊。天然，他眞的很愛護你。」

莊天然聽完不禁愕然，他不明白，他們非親非故，爲什麼封蕭生一開始就這麼關照他？因爲同爲新人？但關於這點，他始終有個疑問——

「你是第一次進入關卡，爲什麼你對這個世界的規則如此熟悉？」破案的邏輯可以靠頭腦和經驗，但這裡是一個未知且非現實的世界，他是怎麼知道關於關卡、凶手和家屬之間的規則？

封蕭生笑道：「這確實是我第一個關卡，不過，很早以前我就在這個世界。」

莊天然訝然。很久以前？他以爲所有玩家都是直接被傳送進關卡裡面……

莉莉點頭，「我也是在遊戲待了一陣子才進入關卡，雖然對於當時的記憶很模糊，不過印象中應該是等了四、五天吧，我猜想當時應該是在等跟我的事件有關的人到齊，第一道關卡才會開始。想不到，不知不覺十關就過去了，終於要結束了……」

莊天然發自內心替莉莉感到開心，他不知道這十關有多艱難，但看莉莉神情複雜，偶爾發呆，思緒渙散，又哭又笑，不知在回想些什麼，顯然這一路走來並不容易。

莉莉看著自己逐漸透明的掌心，微笑著摩娑手上的錶，又抬頭看向兩人，笑中帶淚，聲音也變得模糊：「天然、封哥，謝謝你們，是你們才讓我的第十關變得容易，我三生有幸，祝你們成功，但願在外面的世界相聚。」

莊天然看著莉莉的身影消失，想起田哥、小夫等人，心中有些感傷，「就這樣結束了嗎？在裡面死掉的人，到外面會如何？」

封蕭生道：「這裡和外面沒什麼不同。」

莊天然看向窗外，「我不明白，這一關結束了，但出現新的受害者，新的凶手，這樣算是結束嗎？」

「所以說，這裡和外面沒什麼不同，怪物一直都在，永遠不會結束。」

封蕭生的話讓莊天然陷入深思。

「不過。」封蕭生揉了揉莊天然的腦袋，聲音逐漸變得模糊：「這就是你在這裡的原因，我相信你一定能找到答案。」

封蕭生把手機遞到莊天然手上，畫面依然反覆播放著劉智自白的片段，莊天然一開始沒有察覺不對勁，直到眼角餘光掃到旁邊的其他推薦影片，其中一個畫面很眼熟，是小時候那間育幼院，記者拍他們用餐的影片……

那則影片標題是：「震驚！十歲兒童罪犯監獄，還能吃餅乾喝下午茶！」

莊天然徹底怔住，猛然間回憶襲來，他想起自己忘記的事情——自己待的不是普通育幼院，而是孩童收容所，住著無家可歸的兒童罪犯，環境會如此簡陋、待遇會如此嚴苛，都是這個原因。

但他想不起自己爲什麼會住在裡面？難道他也是罪犯？那室友呢？

看著莊天然遲遲無法開口，封蕭生道：「這是獎勵，每破完一個關卡，它們都會給你關於第十關的線索，也許有時眞相事與願違，但我知道你會找出答案。」

莊天然抬頭才發現封蕭生精緻的臉龐變成雜訊，彷彿即將消失。

莊天然急問：「你怎麼知道這是我的案子？」

封蕭生笑而不語。

莊天然見他不答，又追問：「你怎麼有把握我一定會破關？」

封蕭生徹底消失前，終於緩緩開口：「因爲擁有愛的人無所畏懼。」

剎那間，一道白色煙霧襲來，如同香灰的氣味，淹沒了莊天然的鼻腔和視線。

莊天然咳了兩聲，往前揮了揮手，卻摸不到任何東西，煙灰也絲毫未散。

「封蕭生？」

他連喊幾聲都無人回應。

四周沒有任何人，只有一片白茫茫的煙霧，莊天然有些茫然。

直到看見前方不遠處有紅光搖曳，他走向前，看見一座神壇，金色的神明露出慈祥的微笑，彷彿家中供奉的神像。

煙灰漸漸散去，他發現自己站在一座三合院，眼前除了神像還有牌位和金爐，背後是一扇關閉的木門。

牌位上頭寫著金色的文字，卻不是人名，而是一句話——

「焚燒祭品以供現世，此地不可提及」

焚燒祭品以供現世……難道說，是指可以從這裡燒物品給現實世界？

想不到這裡和現實竟然是相反的，通常都是現世燒祭品給往生者，而這裡變成將祭品燒給現世，是不是有什麼含義？

莊天然想了想，脫下背包，把之前收好的染血黃袍跟金牙和手機放進金爐裡，果眞，沒多久這些物品便化作煙灰，消失爐中。

莊天然雙手合十，拜了三拜，誠心希望這些物品能夠送回往生者的家屬，讓他們明白失聯的親人已逝，不再掛念。

就在這時，神像的眼珠忽然動了，神像開了口：「金牙是怎麼回事？是要寄回去賣嗎？」

「……」

「別緊張，我不是神明，雖然我長這樣，但神像只是傳話筒，本尊是個可愛的美少女。」

「……好。」冰棍也有這麼活潑的？

「你別誤會，我不是冰棍啦！我也是玩家，我們是一群由玩家組成的自願者組織！我們利用遊戲得到的獎勵，幫助迷茫的小新人，像是你現在看到的這個神壇呀，就是我們的組織成員在超級困難的第九關拿到的獎勵！這座神壇讓我們可以跟你們這些剛破完關的新人溝通，還擁有可以寄東西回現世的機會。」

莊天然聽著神像少女滔滔不絕，少女語氣熟練得彷彿解釋過三百遍，不善回應的他只能愣愣地點頭。

「不過話說回來，你怎麼都寄別人的東西呀？大部分的人都是寄信回家報平安什麼的，之前還有人想跳金爐看看能不能被燒回現世呢！嚇死寶寶了。」

莊天然頓了頓，不知如何回答，撓撓後腦勺，「嗯，妳辛苦了。」

「哈哈，你也太可愛了吧，你叫什麼名字？」

「莊天然。」

「名字的由來呢？」

「天地良心，正氣凜然。」莊天然下意識脫口而出，這才忽然想起這句話是室友說的，而他的名字，也是室友取的。

記憶確實慢慢地復甦，在不知不覺間，他想起了更多。

「原來如此，莊天然，歡迎你，祝你下一個關卡順利，出口在你後面唷。」

想起室友令莊天然眼眶有些濕潤，但他挺起胸膛，轉身往木門走去。

他不知道下一個關卡是什麼，也知道關卡只會越來越艱難，他耳邊迴響起封蕭生說的那句話「因爲擁有愛的人無所畏懼」，他忽然明白，因爲室友，他必須要走下去。

莊天然推開門，眼前一片漆黑，走出去彷彿會墜落無底深淵。

莊天然邁開步伐，背後傳來神像少女的話：「對了，你的名字很符合我們老闆的喜好，有沒有興趣來打工？」

「……他在找名字好聽的員工？」

「不，他在找一個叫作莊天然的人。」

莊天然腳步正好落地，剎那間，黑暗將他包圍，耳邊傳來笑聲及拍手聲，一群人歡快地唱著：「祝你生日快樂、祝你生日快樂……」

莊天然眨了眨眼，發現自己站在ＫＴＶ包廂門內，一群人圍繞著插滿蠟燭的生日蛋糕，快樂地唱歌。

他們察覺到莊天然出現，卻絲毫沒有覺得古怪，其中一個人笑著說：「我們等你很久了！快來幫忙吹蠟燭。」

莊天然看著他們一面唱歌，一面低頭吹蠟燭。

奇怪的是，他們一直吹，一直吹，蠟燭都沒熄，燭火甚至沒有搖晃。

莊天然忽然明白爲什麼——

因爲他們都沒有氣。

「你爲什麼不來幫忙吹？」其中一個人抬頭，盯著他，手裡握著蛋糕刀，臉上漸漸面無表情，瞳孔擴張，眼白即將布滿黑色。

莊天然知道不妙，立刻向前加入他們，眾人的臉色又迅速恢復正常，像是什麼也不曾發生，繼續唱著歌。

莊天然低頭看著插滿蠟燭的蛋糕，遲遲不敢吹氣。

如果吹熄了會怎樣？

只是，燭火沒有熄滅，就必須一直唱下去，永永遠遠，永無止盡。

莊天然牙一咬，喉結滾動了下，低頭吹熄蠟燭。

燭火瞬間熄滅，包廂內只剩下ＫＴＶ的螢幕熒熒發光。

莊天然這才發現，螢幕上播放的是其中一個人放大的臉，和所有人一起直直盯著他。

螢幕上的人和ＫＴＶ裡的人同時開口。

「你吹熄了，輪到你當壽星。」

《請解開故事謎底 01》完

1
對了，
不知道下一關能不能再見，要留號碼嗎？
2
號碼……
但是我的手機沒有帶進這個世界……
摸搜…
3
我是說你的三圍。
4
……
開玩笑的。

之後……

她的老闆很神祕，不只性格、來歷神祕，行蹤也很神祕。

整個組織的人或許還有人不曾見過老闆一次，甚至就連她這樣的骨灰級成員，也必須靠預知夢才能知道老闆可能的行蹤。

這天，她夢到她神出鬼沒的老闆要回來了。

「各位各位！封哥終於要回來了！」女孩興奮地衝進大廳，馬尾隨著她的動作晃呀晃。

大廳裡正在吃餅乾的少年被嚇了一跳，差點翻倒，少年乾咳兩聲，故作鎮定地罵道：「什麼封哥！那是關卡裡才能那樣叫，平常要叫老闆，封哥是妳能叫的嗎？」

女孩理直氣壯地說：「我哥可以叫封哥，爲什麼我不能叫！」

「Leo是老闆的左右手，等於是二老闆，當然可以叫老闆封哥。」

女孩搖了搖手指，「我哥才不是二老闆呢！整個組織誰不知道二老闆是傳說中的莊天然？在封哥心裡，能跟他並駕齊驅的一定是莊天然，我哥也常這樣說好嘛！」

少年皺眉，「你哥就是個老古板，姓莊的那個女人不是聽說是老闆娘嗎？我才不相信一個女人能和老闆並駕齊驅。」

「你這個發言才是老古板吧！啊，說到這個，我好像在關卡裡看到莊天然了。」

「什麼!?」少年驚叫，語氣比剛才被嚇到還震驚，「老闆找了三年都沒找到，據說線索只有一張照片，可是老闆從來不給別人看那張照片，妳是怎麼認出她的！」

「反正我就是遇到了！不過……」女孩原本說得得意洋洋，但很快表情變得難以啓齒，「那位『莊天然』眞的很特別，尤其有一點，和我們想的都不一樣……」

「什麼不一樣？」

「他是男的。」

少年停頓一秒，兩秒，三秒——「什麼!?老闆找『她』這麼久，我還以爲是老婆！」

「對呀，我們好像都誤會了，誰教封哥都不把照片給我們看嘛！封哥說『我的記憶很模糊，只有沒有任何人接觸過他，我才能觀察他是誰』……雖然是這樣沒錯，但我還是覺得封哥是不是只是想獨佔莊天然的照片啊？不過如果大家知道不是老闆娘，應該高興瘋了吧？老闆這麼受歡迎，這個消息一定會傳遍整個遊戲……」

少年緊張兮兮地道：「噓！誰准妳這樣議論封哥！如果被封哥聽到……」

女孩一秒看向少年背後，忽然笑靨如花，「啊，老闆您回來啦！徐鹿好大膽啊，居然敢直接叫您封哥！」女孩凜然地舉報少年。

少年：「……」

封蕭生進門，卸下一身長大衣，絲毫不見剛闖完死亡關卡的疲憊，不知道的還以爲他只是下樓散個步，「你們又吵架了？」

「才沒有呢！是徐鹿找我碴。」

「梨梨！妳少做賊喊抓賊！」

少年沒有再理會女孩，跳下沙發，熱情積極地對封蕭生說道：「老闆，您要喝水嗎？還是要喝茶？」

「徐鹿，你好狗腿！」

「妳閉嘴！」

「封……老闆，需要請龍哥幫你煮宵夜嗎？」

「妳自己還不是一樣！」

封蕭生抬手，莞爾道：「不用麻煩了，都休息吧。」

少年指著女孩，「喂喂喂，梨梨，妳不要太誇張，怎麼可以這樣直視老闆？眼珠都要掉下來了！」

女孩甩頭不理少年，對著封蕭生說道：「老闆老闆，我今天在神龕遇見莊天然了！我有邀他進組織唷！」

「辛苦妳了。」封蕭生又笑，笑得梨梨耳根子都紅了。

少年大聲嚷嚷：「妳明明比我還狗腿！」

女孩依舊不理少年，臉紅道：「那個，老闆，我們宿舍還有空房間，要不要提前幫他整理？」

封蕭生道：「不用，他跟我睡一間。」

空氣忽然凝結。

女孩以為自己聽錯了，小心翼翼地問：「您是說睡一間嗎？不會太擠嗎？」

封蕭生往樓梯上走，打算去沐浴和歇息，走前留下一句不明所以的話：「我記得沒錯的話，他本來就跟我住。」

等封蕭生走後，少年和女孩面面相覷。

「……妳確定眞的不是老闆娘？」

她再次確定，她的老闆眞的很神祕。

END

後記

你好，我是雷雷夥伴，叫我雷雷就好，很高興在這本書遇見你，請多多指教！

這本書來回總共寫了三年，原本以爲這三年應該有很多話能講，結果想講的還是那幾句，（八成等這套書寫完，後記裡講的還是這幾句）不管是新夥伴還是舊夥伴，都很謝謝你們包容我每次都喜歡寫不同風格的書，可能昨天才在搞笑浪漫，今天就變成懸疑驚悚，謝謝你們的心臟還受得了。

這是我第一次挑戰恐怖題材，因爲想給大家看到最好的作品，前前後後重寫了二十幾次，換了二十幾個版本，這本書才終於誕生。眞心感謝從第一版就追到現在的小夥伴，如果問我「什麼是世界上最溫柔的事」，我會說「就是你們重看二十幾次不同版本的封然還沒有翻桌這件事」，在這裡，謝謝你們的不離不棄。（這個後記大概會從頭謝到最後，沒辦法，就說到頭來想講的還是這幾句）

在這部對我而言很重要的作品之中，有你們，也有兩個很重要的人，一個是皮，一個是飽。

當初網路連載的時候，網路版封面、番外本封面、周邊等等，都是皮幫忙畫的（第一版網路封面繪師是zabu，在此謝謝zabu漂亮的角色設計，封然最初要歸功於他），所以實體書當然也是希望能邀請皮，但當時我擔心皮還要去公司上班會太累，所以先問他：

我：「如果你工作畫圖，回家又畫我的稿，不會太累嗎？」

P：「如果到時候要接你這本，那我就專心畫你的稿，不去跟畫圖有關的公司了。」

皮皮的霸總發言，我永生感謝，畢生難忘。

另一個是飽。

飽協助這本書的排版，眾所皆知他的排版一直很神，但排版對他而言一直是興趣取向，就我對他的了解，當興趣變成工作他或許會有壓力，但沒想到他還是義不容辭地接下了，我們都很高興他能接。（另外在此也要特別謝謝編輯讓我們三個能夠在這套書一起合作，眞的很開心）

在寫這本書的過程中，因爲改了二十幾次，說不辛苦是騙人的，但有皮、飽、朋友們和你們不停地鼓勵我，給我信心，才能讓我義無反顧地寫下去。

另外，飽不只是啦啦隊，還是個吉祥物。

舉例一：

我們在語聊，我感慨地說：「好想養貓啊。」

飽突然發聲：「喵。」

舉例二：

我：「如果飽來跟我住，我就不用養貓了。」

P：「但飽會拿你的手機養男人（手遊）。」

飽：「刷你的信用卡喔！」

說到最後，我想你們也明白，可以說是有你們和他們，才有這部作品。謝謝你們的陪伴，我喜歡和你們每個人在一起。

有緣相聚，三生有幸。

雷

2022.2.17

p.s.我就說這個後記會從頭謝到尾

「然然，生日快樂。」

莊天然經常夢見發著光的模糊人影，

用著充滿雜訊的笑聲，溫柔地對他說，生日快樂。

請解開故事

十歲，他們許願，長大後要一起成為醫生，讓大家都不會再生病。

十五歲，他們許願，大考順利，畢業旅行要一起去迪士尼。

二十歲，他許願，特考順利，希望能從案件中，找到失蹤的室友……

謎底

MURDEREROFUS

02

國家圖書館出版品預行編目資料

請解開故事謎底／雷雷夥伴 著.
——初版. ——台北市：魔豆文化出版：蓋亞文化發行，2022.04
冊； 公分.（Fresh；FS192）
ISBN 978-986-06010-9-1（第1冊：平裝）
863.57 111002802

請解開故事謎底 01

作　　者　雷雷夥伴
插　　畫　PP
裝幀設計　高橋麵包
總 編 輯　黃致雲
發 行 人　陳常智
出 版 社　魔豆文化有限公司
發　　行　蓋亞文化有限公司
地址：台北市103承德路二段75巷35號1樓
電話：02-2558-5438　傳眞：02-2558-5439
電子信箱：gaea@gaeabooks.com.tw
投稿信箱：editor@gaeabooks.com.tw
郵撥帳號 19769541　戶名：蓋亞文化有限公司
法律顧問　宇達經貿法律事務所
總 經 銷　聯合發行股份有限公司
地址：新北市新店區寶橋路二三五巷六弄六號二樓
電話：02-2917-8022　傳眞：02-2915-6275
港澳地區　一代匯集
地址：九龍旺角塘尾道64號龍駒企業大廈10樓B&D室
電話：+852-2783-8102　傳眞：+852-2396-0050
初版十三刷　2024年9月
定　　價　新台幣 290 元
Published and printed in Taiwan

ISBN 978-986-06010-9-1

魔豆

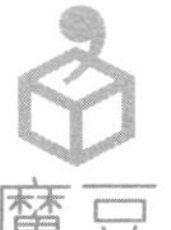
魔豆

魔豆

魔豆